结婚，挺好的！

邓达 著

湖南文艺出版社
HUNAN LITERATURE AND ART PUBLISHING HOUSE

博集天卷
CS-BOOKY

目录
Contents

结　婚，　挺　好　的！

3

前　言
结婚，是人生最美的修行

什么是婚姻？有人回答：所谓婚姻，就是有时候很爱他，有时候想一枪崩了他。大多时候是在买枪的路上看到他喜欢的豆浆，买了豆浆忘了买枪……婚姻总是如此，上一秒眼前的人让你恨得牙痒痒，下一秒你却只想对他温柔以待。

从事婚恋行业十五年，我经常会遇见各种各样的人，有刚刚迈入婚姻殿堂的小辈，也有在婚姻里"摸爬滚打"好多年的老生。谈起婚姻，他们总有不同的看法。小辈认为，婚姻是夜空中绚烂的烟火，你迷恋它的美丽，迷恋它的浪漫，但你总担心自己抓不住它。老生则认为，婚姻是生命力旺盛的仙人掌，即使身处荒原，它也能凭借意志，开出一朵黄色小花，只要你从不放弃。他们无论是何种看法，对婚姻的初衷总是好的：觅得一人，共度一生。

而且，通过与这些人打交道，我发现许多人在结婚之初，或者在找对象阶段，总会心生恐惧，这种恐惧并不是源于担心自己结不了婚，而是担心自己遇见一个很爱的人，两个人相爱了，结婚了，最后却因为各种各样的小状况，疏远了，走散了，所以他们常常到处向人请教："怎样才能拥有一段幸福的婚姻？"在搞清楚这个问题之前，我想匡正一下大家对幸福婚姻的定义。幸福的婚姻是两个人每天都腻腻歪歪的吗？是一辈子只许甜不许苦的吗？是没有一丝疙瘩永远一帆风顺的吗？

答案显然不是。创办"我主良缘"以来，我见证了无数单身男女找到自己的如意伴侣，从常服到婚纱，大量的成功案例表明，幸福的婚姻不是每天亲亲，只想同甘不想共苦，而是当婚姻出现疙瘩的时候，两个人还愿意齐心协力，关关难过关关过。这个世界上从不存在从天而降的幸福，当你羡慕别人的婚姻甜蜜美满的时候，你需要知道，你看到的只是一个结果，而不是过程。婚姻是甜蜜的，但同时，它也夹杂着酸、咸、苦、辣各种味道。如果把它具化到我们的生活中，婚姻犹如在水面航行，晴空万里之时，小船顺利航行是一种幸福，狂风骤雨之时，小船化险为夷也是一种幸福。关键是，小船能不能顺利抵达终点！能够将婚姻进行到底，才算是真正领悟了幸福的真谛。

我常常跟"我主良缘"的会员朋友们说："从你和他牵手的那一刻开始，你人生 90% 的幸福都跟他有关。"伴侣之于我们的意义，绝不仅仅是多一个人一起生活那么浅薄。他是爱，是心动，是陪伴，是支撑，是我们从千千万万人中亲自挑选的缘分，是人生旅途中注定要一起前行的伙伴。如果说人生的风景总是变幻莫测的，那么婚姻也是。在这个过程中，你们会遇到冰雹，会遇到大风，会穿越沙漠，会经过草原，会走过烂漫山花的山路，也会登高望远，看落日，看余晖，看沙尘暴。当你们一起看遍世间风景，到达人生终点的那一刻，你们会发现，虽然这一路走来，风景并不总是亮丽的，心情也并不总是明朗的，但是经历了这么多，身边还有一双温暖的手可以握紧，这就是一件很幸福的事。

想象一下，少年所爱之人，老年依旧相依，你们是彼此人生的见证者，更是彼此人生的参与者，这难道不比电视剧里面的情节更加浪漫吗？最后，我在这本书里，记录了很多婚姻的真实案例，希望能够帮助各位读者提升经营婚姻的能力，感受到婚姻的美好，愿每一个人都能在爱与被爱中，温暖度一生。

谢谢！

邓达

2023 年 1 月于深圳

Chapter *1*

爱的甜蜜蜜

一种真正适合结婚的状态，应该是你们早已看过彼此
最好的一面，也看过彼此最糟糕的一面，即便如此，
仍然相互喜欢，不离不弃。

我试过了，结婚挺好的

中国人喜欢团圆，尤其是逢年过节，一大家子总要聚在一起才算圆满。按道理来说，团圆是件喜事，老一辈们围在一起唠嗑、叙旧，小孩子们则可以跟许久不见的哥哥姐姐肆意撒欢。但对现在的年轻人来说，这可算不上什么喜事，相反还有点糟心——他们宁愿一个人在房间里面待着，也不愿意和一大帮子亲戚坐在一块，非说自己得了什么"一聊天就头疼"的病，令人费解。

对此，我那大学刚毕业的侄女这样说道："还不是因为亲戚之间总爱过度关心，这屁股还没坐热呢，他们就开始问我的工作。"

我纠正她，这不是什么过度关心，这就是一种合情合理的打听，他们是在确定你是否有能力把自己照顾好。

"不止于此！"侄女继续愤愤不平地吐槽，"他们还总是催我找对象、结婚，仿佛结婚是一件天大的好事。"

"难道结婚不算是一件好事吗？"我忍不住反问她。

"当然不是了！婚姻就是爱情的坟墓！你没有听说过吗？再恩爱的男女进入婚姻之后，都会跟变了个人似的，以前是如胶似漆，现在是又吵又闹，搞不好还会翻脸离婚。婚姻可不是什么好事！"侄女说得煞有介事，仿佛自己亲身经历了一般。

我问她这些话都是从哪儿听来的，她说公众号里不经常这样写吗？什么"成年人的婚姻都是搭伙过日子"，"婚姻是座围城，没人想要进去"，还有"千万不要对婚姻抱有幻想"，诸如此类的标题，在公众号里一搜，跳出来的文章比比皆是，再加上电视剧里演的婚姻一地鸡毛，娱乐新闻里面报道的明星离婚事件，越来越多和侄女一样的年轻人受到影响，他们还未踏足婚姻，就已经给婚姻判了死刑——认为婚姻不值得！

实际上，婚姻哪有那么可怕哩！可怕的是人们对婚姻的偏见。就好比一群从未见过花开的人，却四处嚷嚷着，这世上再无绚烂的花朵。说到底，他们对婚姻一无所知，却装作自己无所不知。

当然，类似于侄女这样的年轻人，我在生活中也见了不少。独身的时候，他们总是在嘴上高喊着"婚姻糟糕"，可一旦遇见爱，他们的想法便会出现一百八十度的大转弯，恨不得立刻跟眼前的这个人海枯石烂。

沈如兰就是如此。她是我的大学同学，一向对婚姻嗤之以鼻，甚至到了厌恶的程度。沈如兰曾经跟我们这群好友说过，她的原生家庭并不如意，妈妈有过两段婚姻，但是两段都维持得不久，如兰自小跟在妈妈身边，婚姻给她的印象，从来都没有圆满一说。在如兰眼里，婚姻更像拼凑在一起的一盘碎石，轻轻一碰，便能瞬间分崩离析。

大学毕业之后，身边的同学一个个成家立业，唯有如兰，始终单着，同学们还开玩笑地说她是"灭绝师太"，如兰也不生气。她说自己就是要灭绝婚姻发生在自己身上的一切可能！但这话说得太绝对了！我跟如兰打赌，有一天她肯定会后悔自己说过这句话。如兰不信，她坚信自己这辈子都不会踏入婚姻。

　　直到几周前，如兰突然在朋友圈里发了一个链接，点进去竟是她的婚礼邀请函，这番操作，既在情理之外，又在意料之中。那晚，大学群里炸开了锅，我们问她，究竟是什么样的人，才会让她拾起对婚姻的信心。

　　如兰的回答很简短，三个字：普通人。他的外貌很普通，放在人群里很快就认不出了，但如兰看着总是感觉很温暖；他说的话很普通，甜言蜜语一次也没有说过，但如兰听着感觉很踏实；还有他做的事也很普通，既不会搞仪式感也不懂得制造惊喜，只是在家的时候帮着如兰做做家务，在外的时候总不忘陪如兰聊天，和如兰分享趣事，如兰每次都听得津津有味。久而久之，如兰突然冒出了"和这个人结婚应该很不错"的想法，她自己也被吓坏了。但转念一想，这个世界上每天都有无数人对爱、对婚姻前赴后继，他们像是冲锋陷阵的勇士，即使受过伤，即使流过泪，他们对爱和婚姻依然充满了渴望。

　　这就说明，爱没有那么糟，婚姻没有那么糟，只要时机对了，人对了，我们敲开的一定是幸福之门。于是在某天下班的路上，如兰拉着伴侣去路边的珠宝店买了戒指，两人很快便把婚事给定了下来。

　　我问如兰，现在结婚了什么感受？

　　如兰说，很好。以前对婚姻抱有太多负面情绪，以至于自己对婚姻充满了恐惧，但是，爱会治愈我们对婚姻的一切恐惧。

　　我很赞同如兰的话。我们常常把看到的、听到的那些有关婚姻的负面故事，误以为是婚姻的全部。看到别人吵架，我们就说，看吧，婚姻总是充满争吵；看到别人离婚，我们又说，看吧，反正结婚的人总会后悔。我们总是盯着婚姻不好的一面，无限地放大、放大，然后所有人都被洗脑，觉得婚姻真糟！

说实话，在初入婚姻之际，我也曾忐忑，不知道自己的婚姻会是怎样的，但这么多年下来，我发现自己的担忧是多余的，结婚和恋爱没什么两样，甚至，结婚比恋爱更好。婚姻只要好好经营，其中的美妙，比吃了蜜更让人心情愉悦。

一个好的人生伴侣，真的会驱散生活中一半的烦恼。作为一名创业者，我常常会在生活中感到焦虑，有时也会忍不住把工作的情绪带回家。幸运的是，我的太太从未在这件事上与我起过争执，相反，她理解我、安慰我，让我觉得自己不是在孤军奋战，她默默为我做好后续的一切准备，就为了让我赢得更久一些。

所以即便周围充斥着许多指责婚姻的声音，我也从未被影响过。有一句话说："愚者只会道听途说，智者选择亲自验证。"婚姻的幸福与否，取决的不是婚姻本身，而是你跟伴侣的爱有多深，默契有多深，包容有多深。只要两个人共同努力，婚姻从不让人失望。

我记得有一次和太太在公园散步，旁边一对小姑娘正在刷某某明星离婚的新闻，她们边看边讨论，一个说："再也不相信婚姻了。"一个说："婚姻的结局怎么都是悲剧啊？"

我跟太太说，现在的人都喜欢从别人的婚姻里找答案，一个人离婚，他们就认为一百对结婚的夫妻都不幸福，而一百对夫妻婚姻幸福，他们却觉得都是假象。真是太离谱了！

王小波说："你既可以爱，又可以被爱，这是世界上最美好的事情。"当你开始发掘婚姻美好的一面时，你会发现，爱不会腻，婚姻也不会腻，若非要指责一些什么，那就怪时间太短，两个人不能在一起千千万万年。

回去的路上，太太试探性地问了我一句："你觉得结婚怎么样啊？"

我说："挺好的，比恋爱好。"

太太笑了，说："我也觉得。"

话题进行到这里，老夫老妻也没好意思再肉麻下去，只是不自觉地握住了对方的手，像握住了这世界上最可靠的方向盘，这样的瞬间总让我感到安心。我想，未来即便遇到艰难的时刻，只要一想到身旁有一双这样温暖的手可以牵住，我便觉得心里有了底气——是那种足以对抗一切未知的底气。

大家不要对婚姻抱有太多悲观的想法，遇到喜欢的人，勇敢去爱，勇敢去结婚，我替大家试过了，结婚挺好的！

结婚不能只看缘分，也要做选择

好多年前，我在某次出差的飞机上，遇见了久未谋面的女同学。她是深圳航空的空姐，形象、气质、涵养各方面都很好。突然想起当年读书的时候，老师问我们的梦想是什么。她很大声地回答："穿漂亮的婚纱，做一个美丽的新娘！"说完，引得在座的老师和同学们哄堂大笑。

那天她给我发飞机小食的时候，我打趣地小声问道："老同学，当新娘的梦想实现了吧？"她摇了摇头，一脸尴尬，欲言又止。看到她的反应，我知道我肯定说错话了，缓过神来才意识到自己的行为实在太唐突、太无礼。（在此温馨提示所有男同胞，不要像我这样，用自以为是的幽默方式，在公共场合去聊对方的私密话题，这样不仅会冒犯别人，也会显得自己很没有教养。）

为了给这位女同学赔礼道歉，我找其他同学要到了她的联系方式。几次聊天之后，我们慢慢熟悉起来，她主动跟我分享了她的感情状态。毕业至今，谈过两次恋爱，二十八岁第二段恋情结束之后，她就一直保持单身状态。追她的人不在少数，只是还没等她想清楚，那些男生就与她断联了。她的爱情观：缘分天注定，一切自有安排。我并不否认任何一种对爱情的态度，但这些年在婚恋行业的工作经验告诉我，凡是不主动争取、坐等姻缘从天而降的人，最后很难等到那个理想中的完美伴侣。因为我们大多数人都在为生计而忙，很少有人真的愿意花时间主动去了解一个人。

我的这位女同学外形条件很好，身边自然少不了追求者，"缘分"于她而言，确实是可以等来的，难的是缘分来了如何取舍。现实生活中，如果对方已经向你表明了自己的爱意，你明明心动了却一直犹豫不决，还想再等等，再看看，于是迟迟没给对方明确的回应。这种情况下最后的结局只能是一别两宽，各自安好。因为谁都不是傻子，谁都不愿成为备胎，谈恋爱讲究的是公平——喜欢，我们就在一起；不喜欢，也不要互相耽误。

我将这些话直言不讳地说给了女同学听，并且提醒她，如果再这样等下去，她一辈子都等不来那个完美的人生伴侣。其实于她而言，上天已经给了她很多段缘分，只是她另有安排，将缘分拒之门外。之后随着她年龄的增长，身边的追求者会逐渐减少，而她的择偶要求也会逐渐升高，自然而然遇见合适伴侣的概率就变得越来越小了。

听完我说的话，女同学自然开始慌了，问我："怎么确定那个人值得嫁呢？"其实把她的话换个直白点的说法就是："追我的人很多，但我不知道该选择哪一个。"说实话，她是幸运的，因为有很多的人可以让她选择。但感情，特别是婚姻，不是说给你挑的人越多越好，就像花园里有很多迷人的花，每一朵你都很喜欢，但你不能每一朵都采摘回去，可供挑选的越多越容易花眼，最终还是得明白自己真正想要的是什么。

不知道你们有没有听过一句话：选择一个人，就是选择一种生活方式。

如果你是一个缺乏安全感，容易敏感的人，那么你想要的大概是那份心安，是那个事事有回应、件件有着落，会把你的每一句话都记在心上的人；如果你是一个对生活品质要求很高的人，那么你想要的大概是那份品位，是那个既能为你遮风挡雨，还能陪你岁月静好的人；如果你是一个事业心很强的人，你想要的大概是那股拼劲，是那个能跟你并肩作战，与你旗鼓相当的人；如果你是一个希望生活稳定的人，那么你想要的大概是那份踏实，是那个哪怕日晒雨淋也愿陪着你，度过平淡岁月的人。

每个人想要的生活都不一样，想要的如意伴侣也不尽相同，唯一的共通点就是，我们都想找与自己三观一致、聊得来的人共度一生。因为生活一地鸡毛，只有各自努力的方向和渴望的生活是一致的，才能抵过漫长岁月。和这样的人相处起来不累且舒服，他们懂得你的快乐和悲伤，而那些和你三观不一致、话都说不到一块去的人，哪怕是凑合过日子，也是互相折磨。

有人可能会说，三观和性格都是可以慢慢磨合的。说实话，一个人的性格和三观是很难彻底改变的，毕竟性格的养成和三观的形成，是很多复杂的因素相互作用导致的，每个人的成长经历都不相同，看待世界的观念也会千差万别，这个不是靠简单的磨合就能改变的。

另外，我赞同婚姻的基础应该是物质基础，因为温饱问题是根本，恋爱是琴棋书画诗酒花，结婚是柴米油盐酱醋茶。如果你连你自己都养不起，吃了上顿没下顿，又怎么去养活一个家庭呢？但并不是说这个人或者他的家庭必须财力雄厚。如果你是抱着一种寻找钱罐子的心态去寻找伴侣的，那么我只能说，天上没有掉馅饼的事，所谓的豪门也是讲究门当户对的。归根结底，在爱情和面包面前，该如何做正确的选择呢？

倘若对方到了二十五岁之后，仍然伸手找父母要钱生活，自己吃饭都是难题，每次约会都让你买单，这种人心智还不成熟，现阶段不适合结婚；倘若对方工作稳定、薪资中等水平，有明确的人生规划，这种人心态平稳，适合想要安稳的人；倘若对方家庭条件很差，但是他很努力且在同龄人中小有成绩，这种人责任心强，一定是潜力股，要好好把握；倘若对方不但一事无成，还只知道抱怨命运不公，永远不去改变现状，这种人一定要远离；倘若你们已经有爱情基础了，普通的切片面包也买得起了，建议你们一起努力，一起成长，共同创造财富，这种关系更持久稳固。

如何看这个人值不值得嫁？不同的过来人会给你不同的答案。我们这些所谓的过来人，也都是在和伴侣长久地相处之后，才悟出了一些心得体会。我常常告诉我的会员，拿不定主意，不妨问问父母、朋友、身边人的意见，你们的相处他们都看在眼里。如果人人都说好，那他应该差不到哪里去，如果人人都说他不好，那你就要多加观察和留意，适当的考验也是可以的。归根结底，你得用心去感受，先想清楚自己是怎样的人，再想清楚自己想要过怎样的生活。

合适的人不是你想象之中，他应该是什么样子，而是一个人，恰好就让你觉得合适。结婚不能只看缘分的安排，也要学会做正确的选择，你不能什么都要，这样最终只会什么都没有。不好的，及时止损；好的，加倍珍惜。你要记住，选择结婚对象时，一定要慎重一些，你需要的永远不是找一个人结婚了事，而是一场自己认同且看得见未来的婚姻，所以你得有自己的标准和底线。

这个世界上能完美契合的恋人真的很少，就算是夫妻，都有一万次想要掐死对方的冲动。一种真正适合结婚的状态，应该是你们早已看过彼此最好的一面，也看过彼此最糟糕的一面，即便如此，仍然相互喜欢，不离不弃。只有当你们接纳了真实的彼此，步入婚姻后才不会有那么多幻想和那么多失望。

最后我想说，如果你想要遇见最好的人，就要成为更好的自己。

5

无法结婚的恋爱，就算了

在感情问题上，我们经常做出这样的假设：假如时光倒流，你还会不顾一切地奔向他吗？这里的他，指的是那个你曾经很爱很爱，却没有办法结婚的人。

听到这样的假设，二十岁刚出头的年轻人，可能会很干脆地回答一句："我会。"在他们眼里，爱情胜过一切，他们不在乎有没有结果，只在乎曾经拥有。但是对即将迈入三十关卡的男女来说，他们的回答更偏向于"不会"，与其浪费好几年的时间，去爱一个最后会离开自己的人，不如从一开始就斩断情愫，转身去爱那个愿意给自己未来的人。

少年时期的爱情，充满了罗曼蒂克的幻想，而成年人的爱情则现实了许多，我们不会再拿真心去冒险，也不会再白费力气去浇灌一朵永远都结不了果的花。两个人决定在一起之前，我们要了解对方的年龄、收入、职业和家庭背景，更要直截了当地问清楚，对方有没有和自己结婚的打算。这样做，不是因为成年人世故了，懂得权衡利弊了，也不是因为爱情不重要了，成年人只是为了结婚而结婚，真实原因是，成年人开始在乎结果了，我们没有那么多时间浪费在无关紧要的人和事上，这一生真的没有想象中那么长，我们只想在有限的时间里，把每一分爱意都用在那个会陪自己到老的人身上，这是成年人对爱的"算计"，很精明，但也很真诚。

不计较结果地去爱一个人，这样的故事听起来很炙热、很浪漫，但在现实生活中，这样去爱的人，往往尝到的以苦头居多，不信我给大家分享一个真实案例。

熊慧是我分公司的一位下属，跟男朋友谈了九年，两人从异地恋变成异国恋，中途无数次放弃，又无数次和好，按道理来说，他们的感情基础还是比较深的，恋爱往下谈，也是能够坚持的。但是熊慧有一个烦恼，眼下她马上就要三十岁了，家里人都希望她能够快点结婚。可熊慧见男友没有行动，每次家里人催促的时候，她也只好糊弄过去。为此，家里人还曾苦口婆心地劝过她，如果男朋友没有跟她结婚的打算，趁早放手，这时候去找一个适合自己的还不算太晚。加上熊慧身边的朋友也总是在好心地提醒她，恋爱谈得越久，结婚的可能性就越低。这一连串的提醒，弄得熊慧的心里很是焦灼，她问我："有必要向男方催婚吗？"

其实站在男人的立场上，我们都懂，男人如果只是跟你谈恋爱，但是不跟你谈未来，十有八九这个男人不会真的给你未来。但我没有明说，只是暗示熊慧去问一下男方有没有结婚的打算。

一开始，熊慧男友说"回国再讨论这事"，后来又变成了"目前想以事业为主，结婚的事暂时还不想考虑"，到最后熊慧开始施压的时候，男友的话就变成了威胁："你再这样逼我的话，干脆我们不要在一起了！"

话说到这里，其实男友的态度已经很明确了——他不想跟熊慧结婚。可陷入爱情的女人，总是感性占据上风，她们以为自己还可以再挣扎一下。于是熊慧又给了对方一年的时间。好在熊慧三十岁生日这天，男友终于从德国回来了，两人订了一家餐厅，熊慧还很高兴地开了一瓶酒，庆祝自己的生日，也庆祝男友回到自己身边，两人相谈甚欢，仿佛回到了热恋时期。直到熊慧提了一嘴结婚的事，男友的语气突然变得支吾了起来，各种转移话题，分明就是没有考虑过结婚的样子。熊慧突然觉得自己好委屈，她等了他十年，他却连结婚计划都没有，或者说，她根本不在他的未来计划里面。

借着酒劲，熊慧问了自己一直不敢问的那个问题："你是不是不想跟我结婚？"

男友没有正面回答熊慧，而是反复地强调两人现在这样挺好的，为什么一定要结婚呢？熊慧一股脑把自己身上的压力倾吐了出来，包括家里人给的压力、朋友的提醒给她的压力，她说得几度哽咽，以为男友会心疼自己，有责任心地站出来跟自己一起面对，没想到男友听完后平静地说了一句："对不起熊慧，我们到此为止吧。"

原来，他从未想过跟她结婚。他贪恋谈恋爱时熊慧带给他的快乐，但同时，他又是一个很现实的人——他早就想好了，未来他要留在德国，娶一个德国女人，组建一个中外家庭。他早就想要放弃熊慧了，但是熊慧的坚持让他觉得，或许可以再拖几年……

得知真相的熊慧，一刻都不想再拖，她果断结束了这段感情，开始了自己新的生活。各位读者发现没有，在感情里面，女人都喜欢自己给自己希望，她们总给自己灌输"他一定会为我改变的"，"只要我给他时间，他一定不会辜负我"，"他是爱我的，只是没有想好要走入婚姻"诸如此类的想法，她们习惯给自己的恋人找借口，即使事实已经摆在眼前，她们也会给自己洗脑"这一切都不是真的"。直到男人的绝情打破她们的幻想，她们才会真的意识到，原来没有结果的事，就算你给它再多时间，它也不会破例结果。

现在的熊慧，积极去认识新的朋友，和觉得还不错的男生约会，但这次熊慧学聪明了，她要确定对方和她一样，是想以结婚为前提去展开一段恋爱的。因为很现实的一个问题是，女生的婚恋优势，其实会随着年龄的增长而慢慢降低，不仅是外貌优势的降低，而且在生育优势方面也会处于下风。所以如果在男生面前有两个条件差不多的女生，那么大部分男生都会选择年纪较小的那一个。

真的，在婚恋行业待了十几年，我特别想给年轻人一点爱情的建议：要谈就谈一个能结婚的，而不是每天对你甜言蜜语，却从来没想过给你一个家的。恋爱，它看起来很甜美，像一颗裹着糖衣的糖果，可有的人拆开糖衣，里面空空如也，他们会瞬间觉得自己受到了欺骗，原来自己渴望了那么久的糖果，从来都没有实物。而聪明一些的人，会在拆开糖衣之前，用手轻轻捏一捏糖果，确定里面有实物再去慢慢品尝，如果没有就果断舍弃。

一段真正甜美且坚定的恋爱，是从你们在一起的那一刻起，就知道这段恋爱早晚都会开花结果。所以两个人可以毫无保留地为这段恋爱施肥，用耐心和包容呵护它长大，而不是面对一段未知的恋爱，你一意孤行地去冒竹篮打水一场空的险。成年人在恋爱里面学到的最有智慧的一件事就是，只做有结果的事，只爱有结果的人。无法结婚的恋爱，就算了吧！

两个人恋爱到什么程度，才适合结婚

在一次情感咨询的过程中，对方突然问我："两个人恋爱到什么程度，才适合结婚？"

好问题。我把对方的话，原封不动地发到工作群里，想让大家谈谈自己的见解。有人说，恋爱一两年差不多就可以结婚了，趁热打铁的婚姻最香。有人说，一两年还不够吧，至少要四五年，被时间磨砺过的爱情，更适合升级成为婚姻。更有人跳出来说，你们都太老土了！结婚这件事还要挑时间吗？要是彼此合适，闪婚都行啊！

我赞成最后一种说法，结婚，与恋爱的时长无关。若是合适，恨不得原地结为夫妻；若是不合适，恋爱谈得再久，也不会决定结婚。那么，什么才叫合适呢？

我在青岛认识了一对夫妻，他们两人笑称是"月婚"，一个月前，他们在朋友的婚礼上认识，一个月后，他们邀请朋友参加了他们的婚礼，实属"婚礼有来有回，人情你来我往"。在谈到结婚契机的时候，妻子打趣地说："可能因为我俩经济基础都比较好吧，没有什么后顾之忧！"丈夫则升华了一下两人快速结婚的原因：一是两人的心智已经成熟，不会把婚姻当成儿戏；二是彼此足够有耐心，能够在相处的过程中包容对方的缺点。

仔细一想，你会发现这位妻子的打趣不无道理，婚姻的基础是爱，但是光有爱，不足以支撑婚姻的全部。谈恋爱的时候，两人之间可以不谈物质，你们只谈浪漫，谈陪伴，有情就能饮水饱。可婚姻是什么？婚姻是柴米油盐酱醋茶，没有金钱寸步难行。

我们经常看到一对夫妻争吵，仅仅是因为丈夫买菜的时候买贵了，妻子为了一块两块的差价，和丈夫吵得面红耳赤。或者是妻子看上某样东西，想让丈夫送给自己，可丈夫看了一眼价格，便劝妻子不要铺张浪费，妻子虽然嘴上不说，但是会在心里给对方慢慢减分。没有物质基础的婚姻，不仅无法保证对方的生活质量，就连满足对方心愿的能力都没有，像一盘散沙一样，放在外面轻轻一吹就散了。

当然现实生活中，很少会有父母允许自己的子女跟一个工作收入不稳定的人结婚。首先，收入不稳定的人，情绪也不太稳定。收入高的时候，他的情绪会高涨一些；收入低的时候，他的情绪会陷入某种焦灼的状态，甚至忍不住把脾气发泄到伴侣身上。其次，收入不稳定的人，带给伴侣的婚姻期待值会越来越低。可能两个人刚结婚的时候，伴侣对婚姻的期待值有八十分，可随着时间的推移，伴侣发现自己在这段婚姻里得到的没有增加，就会对婚姻的期待值降低到五十分，甚至更低。

我不是倡导大家都要物质一点，找个有钱人结婚，而是双方的物质基础决定了两人婚姻的稳定程度。钱不是万能的，但是钱可以解决婚姻中 80% 的矛盾，比如说，结婚的彩礼钱，买房子和车子的钱，赡养父母的钱，教育小孩的钱，这些物质支撑都是必要的。婚姻跟爱情不同，爱情可以充满理想化的期待，但是婚姻是落到实处的行动，大到人生计划，小到一碗一筷。物质相当于婚姻的底盘，你的经济实力越强大，你的婚姻底盘就会越稳。

当你们有了物质基础之后，还需要进一步考虑对方的心智状态。为什么大家常说"年少时期的爱情往往无疾而终"？是因为年少时期的男女，谈恋爱就像过家家，他们总是抱着"不合适就分，下一个更乖"的想法，根本不想花费太多时间与对方磨合，对婚姻的理解也并不成熟。再深入了解一下，你会发现他们对结婚的标准，就是遇见一个喜欢的人，然后在激情的驱动之下，很想跟这个人共度一生。等到激情退去，他们就不爱了，觉得婚姻没意思，特别想离，整天都把家里闹得鸡飞狗跳的，不仅对自己、对伴侣不负责任，对这段婚姻的态度也极其儿戏。

有一个很形象的比喻，找一个心智不成熟的人结婚，就像在海上航行之前，你随随便便在码头上找了一个掌舵手，周围的人都觉得他不靠谱，只有你大胆地把自己的命运交给了他，后来海上天色大变，掌舵手怂了，自己坐救生艇逃跑了，剩你一人面对大风大浪。但是找一个心智成熟的人结婚就不一样了，他会是一个靠谱的掌舵手，会为你规划最安全的航行路线，偶尔遇到危机，他也能机智应对，请你放心，他一定会带你抵达幸福的终点站。

而且一个心智成熟的人，往往有成熟的情绪处理能力和成熟的沟通方式。在婚姻修行的道路上，他能够给你提供良好的情绪价值和恰到好处的分寸感。跟这样的人在一起，往往会让你感到非常安心和省心。遇到问题，他也不会逃避，而是想着怎么和伴侣一起协商解决。他会让你明白，伴侣的意义，不是一时的爱意上头，而是一生的风雨相依；婚姻的意义，不是随随便便领个证就完事，而是对自己的选择负责，对伴侣的未来负责。

如果你正在和一个不错的对象交往，且你的对象满足了经济基础稳固和心智条件成熟这两个标准，那么最后还有一点你需要知道的，就是前文那位青岛丈夫所说到的，包容对方缺点的能力。

在婚恋行业待了这么久，我总结很多夫妻离婚都是因为对方的缺点。有人问：既然如此，为什么结婚前没发现呢？

因为结婚前的两人，不会时时刻刻黏在一起，你们之间会保持一定的距离感，这让你们有空间想象对方、美化对方。可一旦结婚，两个人的时间和空间交融在一起，你们会在朝夕相处之中，逐渐打破对另一半产生的滤镜，你们会发现对方在行为和性格上竟有着各种各样的缺点。有些人不能忍受，选择退出这段婚姻，而有的人，不管你怎么作、怎么闹，缺点暴露得有多明显，他都睁一只眼闭一只眼，因为他足够包容，也足够爱你。

一个经典的例子。女人总喜欢问男人："你喜欢我扎头发的样子，还是头发披下来的样子？"有的男人会说："我喜欢你扎头发的样子，所以你不要把头发披下来。"有的男人会说："我喜欢你头发披散的样子，所以你不要把头发扎起来。"而真正爱你的男人，他是这么回答的："不管披头发还是扎头发，我爱你所有的样子。"

婚姻的模样，就该是这般。我们深知彼此并不完美，但是从来都不会要求你为我强行改变，也不会抓住对方的缺点去猛烈攻击。这个世界本就没有完美伴侣，所有的长久，都始于包容。我们所说的婚姻，不是嫁给对方的优点，而是嫁给对方的缺点，唯有当我们面对真实的彼此，却依旧没想过分开的时候，我们炙热的爱意，才会枝繁叶茂。

毛姆在《面纱》里写过一段话："我知道你愚蠢、轻佻、头脑空虚，然而我爱你。我知道你的企图、你的理想，你势利、庸俗，然而我爱你。我知道你是个二流货色，然而我爱你。"

　　结婚在大多数人看来，只是一瞬间的决定，但其实不是的，它是我们深思熟虑之后，决定与对方共同开启一段新的人生。当你们有物质能力支撑起自己的生活，能够很成熟地去对待感情当中的一些问题，并且接受真实的彼此的时候，你们就可以结婚了。

选择和谁结婚，结果真的不一样

我相信大多数晚婚的人，都听身边人讲过这么一句话："跟谁结婚都一样，最后还不都是过日子，再那么挑挑挑，迟早会被剩下！"我始终认为，跟谁结婚，真的很不一样。有的人会让你的生活变得绚丽多彩，有的人会让你的生活变得阴云密布，有的人会成为你的礼物，有的人则会把你变成怪物。别不相信，好的婚姻、对的人，能成就一个人，坏的婚姻、错的人，能毁掉一个人。

不信你去仔细观察身边已婚的人士，那些整日唉声叹气、负能量满满的人，他们的婚姻生活应该也不尽如人意。相反，那些红光满面、意气风发、状态极佳的人，他们的婚姻生活大多不会太差。很多情感咨询者的案例告诉我，婚前一定要擦亮眼睛，不然婚后后悔就为时已晚。所以，不管他是你怦然心动后的选择，还是权衡利弊后的选择，你都要有自己的判断和标准，也要有自己的底线和坚持。

我想跟大家分享一位咨询者婉儿的故事，她一路跌跌撞撞，最终拥抱了幸福。她用亲身经历告诉我们，与谁结婚，决定了你以后的日子是狂风暴雨还是风和日丽，跟一个对的人携手步入婚姻，虽不敢保证一世无忧，但起码不会让你陷入绝望。

婉儿的第一段婚姻只维持了短短三年时间，那三年是她人生中最漫长、最阴郁的时光。她和前夫是闪婚，相处不到半年时间就领结婚证了，没有婚礼，没有彩礼，没有通知双方父母。那时候婉儿信奉的婚恋观是：结婚是两个人的事，爱能胜过一切。她虽知道婚姻生活会是一地鸡毛，但始终认为只要努力经营，日子一定越过越好。可没想到，真实的婚姻生活与她期望的大相径庭。

诚如婉儿所言，婚姻只要好好经营，就一定会幸福，但前提是两个人一起朝着同一个方向共同努力。婉儿工作十分努力，平常也不怎么花钱，一心想着存钱买房，有个小窝可以落脚，这样最起码可以住得稳定，不用一年换租一间房子了。无奈，前夫却懒惰，游手好闲，工作遇上不顺心的事就辞职，嘴上还总爱抱怨，更让婉儿无法接受的是，他脾气阴晴不定，激动的时候还有暴力倾向，家里的家具被他砸了个遍。婚前婚后完全是两个样子。

在这段婚姻中，婉儿每时每刻都在承受着痛苦。她后悔自己草率结了婚，后悔自己没有擦亮眼睛看清楚眼前这个人，后悔自己不顾一切嫁给了一无所有的他。我问她："结婚前，你就一点没察觉到他的这些缺点吗？"她摇摇头，哽咽着说："也不是。结婚前他工作就不稳定，待不了多久就辞职了，可我觉得那是怀才不遇。每次发生矛盾的时候，他的音量就会大很多倍，可我认为这是占有欲导致的，是爱我的表现。我想着跟谁交往久了都会有争吵，过日子不就是要相互包容嘛！我本想找个人共渡风雨，谁承想所有风雨都是这个人带来的。"

其实前夫的很多恶习在他俩婚前早就显现出了端倪，只是婉儿没有认真去思考和做选择。离婚的时候，前夫纠缠了很久，最后以婉儿支付前夫十万元为代价，两个人才正式结束了夫妻关系。离婚见人品，婉儿彻底死了心，也彻底陷入了渣男的阴影中。

婉儿找到我，是希望我能帮她疗愈这段情伤，因为和前夫结婚的这三年，她觉得自己的脾气、性格、为人处世的方式也受到了影响。在我看来，如果婚后一个人的脾气越来越差，未必是他性格变差了，而是遇到了不理解你、不体谅你的人。说实话，帮她疗愈的过程不难，因为她对生活还是充满了无限憧憬的，只是不肯原谅当初那个草率做决定的自己。有这么一句话，我很喜欢：能被治愈的，都是愿意自渡之人。

离婚两年后，婉儿终于可以坦然地面对和接受自己了，她开始认真生活，努力工作，闲暇时间就与朋友聚会聊天，哪怕偶然提起旧事也能一笑置之。于她而言，那段失败的婚姻加速了她的成长，也改变了她对爱情和婚姻的看法。她不再冲动，而是学会了深思熟虑，之后就遇见了现在的丈夫。刚开始交往的时候，婉儿会很仔细地观察对方的处事细节，也会在心里偷偷给他打分。

因为咳嗽，对方凌晨两点把一碗雪梨汤和一些止咳药送到她家，加一分；因为下雨没带伞，对方叫了一辆出租车在公司楼下等她下班，加一分；因为想喝一杯网红奶茶，对方跑了十几条街，找了十几家门店，加一分；因为经期脾气古怪，对方想尽办法逗她开心，加一分。还有很多很多的加分项，才让婉儿决定嫁给他。

他们的结婚之路也不平坦，男方父母刚开始不同意他娶一个离异的女人，但是他没有选择用极端的方式让父母同意他们结婚，而是多次带婉儿回家与父母相处，自己从中调和，等时间长了，父母真正地了解婉儿之后，两家快乐地准备婚礼了。

婉儿的现任丈夫给了她一场很棒的婚礼，主色调是婉儿喜欢的淡紫色，地上铺满了她爱的玫瑰，就连请柬上都带有淡淡的玫瑰花香。还记得那天我去参加他们的婚礼，敬酒的时候，我问婉儿："你还认为，跟谁结婚都一样吗？"她语气坚定地回答："不，真的很不一样。遇见对的人，日子才会一天天变好。"婚后的他们，相互学习，相互包容，把婚姻经营得有模有样，日子虽不大富大贵，但简单温暖。

故事听完，你还觉得跟谁结婚结果都一样吗？谁都希望自己的婚姻可以幸福美满，可遇到不爱自己、不心疼自己的伴侣，就像穿了一双不合适的鞋子，轻则会把脚磨破皮，重则血肉模糊、疼痛难忍。千万别信和谁结婚都差不多——如果不是真心，如果不是真爱，那真的差很多。

股神巴菲特说过这样一句话："你人生中最重要的决定是跟什么人结婚。"在选择伴侣上，如果你错了，将让你损失很多。所以在你还不了解一个人时，不要匆忙结婚，这是对双方的不负责任，只有慢慢了解，了解对方的三观、品性、家庭，我们才能做出正确的选择。婚姻是女人的第二次生命，在婚姻中得到爱的滋养和在婚姻里被消耗的女人，过着不同的人生。对男人来说也是一样，幸福家庭需要一个好女人。

这些年突然明白，人这辈子有两件最重要的事：一是做好事业，二是找对爱人。当太阳升起时，去投身事业；当夕阳西下时，和爱人相拥。一辈子这么长，只有嫁对人、娶对人，婚姻才能熬得住漫长岁月的打磨，顶得住时间的考验，经得起生活的平淡。

最后想跟大家分享一段对话，是我在地铁里偶然间听到的。

老公问：结婚这么多年，你有什么感受啊？

老婆回答：与你结婚，让我知道在平平淡淡的生活中，充满了小幸福和小踏实。

　　愿你们都能遇见正确的人生伴侣，懂你悲欢，给你很多很多的爱；愿你们在这人世间平淡而长久地过着，温柔且浪漫地活着。如果此刻，对的那个人还没来，也没关系，先爱自己，终有一天，他会穿越人海与你相拥。

结婚前，必须要问清对方十个问题

　　新娘退婚的闹剧，每天都在上演。我指的不是小说或电视剧里瞎编出来的情节，而是真真切切发生在现实生活中的。有时不只是新娘闹，新郎也会闹，两人蹬鼻子上脸，有一种鸡同鸭讲的感觉，最后实在聊不下去，干脆一拍两散。原本一桩美事，就这样化为泡影。

　　当然，闹剧不只发生在结婚前夕，婚后也会时不时地发生。女人嫌弃自己的伴侣懒，在家啥也不做，甩手掌柜这个角色当得令人生恨。男人则嫌弃女人赚不了钱，还每天对自己挑三拣四，实在心烦意乱。若是这个时候，两人谁也不愿给对方台阶，婚姻便进入了僵持阶段，甚至走向破裂。大家不要觉得我在夸张描述，事实就是如此，造成婚姻不幸的，从来都不是什么大事，而是无数件小事积累在一起的爆发。

　　《纽约时报》曾经登载过一篇文章，讲的是男女婚前必问的十五个问题，这些问题由美国研究婚恋的心理专家们提出，目的是测试伴侣的三观是否一致。如果双方在所有问题上都能达成共识，那么两人的婚姻会走得更加顺畅。在此，我考虑到中西文化有所差异，于是结合了自己以往的婚姻咨询经历，将十五个问题简化成了符合中国人婚姻状况的十个问题，建议想要结婚的男女们，在婚前都与伴侣进行一次深入沟通。

1. 我们是否具备赚钱的能力？双方的消费观是否一致？

钱是个好东西，不一定要多，但是不能没有。在结婚之前，男女双方要确定彼此是否具备赚钱的能力，这关乎你们以后的家庭能不能正常运转，不至于陷入"贫贱夫妻百事哀"的困局。

另外，两个人结婚，消费观最好保持一致。如果一方的消费总是超过家庭的负荷能力，那么夫妻不仅在经济上会产生冲突，在情感上也会爆发危机，伴侣双方会陷入互相指责的境地。

2. 我们是否了解彼此的原生家庭？双方父母都赞成这桩婚姻吗？

结婚不仅仅是两个人之间的事，更是两个家庭之间的事。我常常说，婚姻影响两个家族、三代人的命运，因此，你是否足够了解对方的原生家庭，是否能够包容和接纳对方的原生家庭，直接影响到婚后两家人的相处态度，也影响着婚姻的和谐程度。

只了解还不够，还需要得到双方父母的祝福。如果你的父母极力反对，先别急着和他们吵架，问问原因，因为你的父母不会无缘无故地"刁难"你的另一半，他们只是在帮你权衡利弊，排除风险。

3. 我们在彩礼问题上是否能达成一致？彼此心里会不会存在不满？

男人在结婚之前，面临一个经典的选择题：假如你手里有五块金子，娶相恋多年的女友，需要十块金子，娶认识不久的相亲对象，需要四块金子，你怎么选？

理想主义者可能会说，当然娶相恋多年的女友啦。可是如果你问他们，还差五块金子怎么办？他们除了叹气，别无他法。现实主义者也许会说，我娶认识不久的相亲对象，因为她是我能力之内能够开花结果的优选。

不得不说，男女双方在彩礼问题上一旦谈崩，这个婚十有八九是结不成的。即便其中一方选择了妥协、退让，也会在心里偷偷积攒不满，认为对方"狮子大开口"，或者觉得对方"这点彩礼都不愿意出，他肯定没有多爱我"。因此，你们在结婚之前，一定要把彩礼问题聊透彻，最好是双方都满意了，再去结婚。

4. 我们是否能坦白交代自己的健康状况，包括身体疾病和精神疾病？

我曾经有一个客户，她和丈夫结婚多年，始终未得一子。婆家人责怪她不能生，整日念叨。她自己也内疚，跑了许多医院，中医、西医，能查的都查了，该喝的药也喝了，但就是怀不上。于是医生建议，让她的丈夫也去做一下身体检查。婆婆一听不乐意了，坚称自己的儿子一切正常，死活不肯让儿子上医院。

客户只能在社交平台上发泄自己的情绪，好巧不巧，这篇文章被丈夫的前女友看到了。前女友私信告知她，她的丈夫身体存在先天缺陷，无法生育。

客户得知真相后，既愤怒又委屈，毕竟自己平白无故受了那么多苦，吃了那么多药。她痛恨丈夫不坦诚的同时，也痛恨自己不够谨慎，没有做好婚前体检。在此提醒大家，欺瞒健康状况，不管是身体上的还是精神上的，都是对伴侣的不负责任，毕竟伴侣有权利选择跟不跟你结婚，而你的欺瞒，毫无疑问会干扰伴侣的选择，甚至说是"骗"也绝不为过。

5. 我们婚后的分工是怎么样的？彼此能够接受婚姻里的不公平吗？

"你可以在工作中寻求公平，在法律中寻求公平，但千万别乞求能在婚姻里得到公平。"这是我举办线下沙龙的时候，一位受邀而来的情感专家说的话。

婚姻就是要接受各种各样的"不公平"，比如说家务分配的不公平、金钱分配的不公平（男人有时还会被要求上交工资卡）、地位分配的不公平等等。但这些不公平是可以通过伴侣之间的沟通来解决的。你们可以试着在婚姻里面进行分工，你煮饭那我就洗碗，你拖地那我就洗衣，或者从大方向上来分工，你主外那我就主内，彼此承担好自己在婚姻里的那部分责任，并且选择了就不要抱怨。

6. 我们有没有要孩子的打算？如果有，责任是怎么分配的？

二孩放开以后，不少家庭都催着女性再生一个。但女性此时可能有怨气了，第一孩都没人帮我照顾，再来一孩那我不得累死？

现在在年轻群体之中，别说二孩了，很多女性根本就不想生育，认为自己都照顾不好自己，拿什么去照顾小孩？况且，生育对女性的健康会造成多方面的影响，不像男性，只负责产入，不负责产出。

生育观的不同影响着一段婚姻关系的最终走向。比如，一方丁克，一方喜欢小孩；一方生了女孩，一方想要男孩；一方只想生一个，一方还想要二孩……如果这些问题在结婚前不聊清楚，势必会成为两人婚后矛盾爆发的源头。还有在养育孩子方面，男人和女人分别承担什么样的责任？做好规划，才能减少日后的争端。

7. 我们能不能尊重彼此的父母？如果伴侣和父母发生矛盾，是否能够妥善解决？

若是问起女性，在婚姻里面最怕遇到什么样的男人，绝大多数女性都会回答：妈宝男。

妈宝男最大的特征就是，没有主见，什么都是"听我妈的"，就连老婆和母亲发生争执，他的第一反应也不是和平解决，而是站在母亲那边，与母亲一起指责老婆。久而久之，家庭矛盾就会愈演愈烈，老婆越发不尊重长辈，长辈也越发不待见老婆，一段家庭闹剧就此拉开帷幕。

在我看来，男人在家里，有如定海神针般的存在，伴侣和父母搅起风浪之时，男人要做的，是平息风浪，而不是从中搅和，恨不得风浪再掀五尺之高。中国有一句古话："一屋不扫，何以扫天下？"连家庭关系都维护不好的人，又怎么去维护更加复杂的社会关系？所以伴侣之间要懂得随机应变，不只是男人，女人也要做到，尊重对方的父母，就是尊重伴侣本身。在和长辈相处这一方面，建议各位根据自身家庭情况，和伴侣提前做好策略规划，比如说伴侣和父母经常发生矛盾，那么最好的解决办法就是把伴侣和父母分开，不要住在一起，这样就能避免很多麻烦。

8. 我们能不能在这段婚姻当中共同进步？如果爱情的天平出现倾斜怎么办？

不知道大家有没有听过"爱情天平"的理论，即爱情是一架天平，需要两个人势均力敌，才能始终维持平衡。

我举个例子，一开始，你和伴侣在天平上放上了各自的砝码，你的伴侣放上了财富、能力和认知，你放上了外貌、能力和认知，但随着时间的推移，你的伴侣的砝码得到了增加，他的财富越来越多，能力越来越强，认知越来越高，而你的砝码始终没有改变，这时候会发生什么变化呢？你们的爱情天平会出现倾斜，你跟不上伴侣的思维，就会被挤出伴侣的世界。

如果想要天平恢复平衡，你就得不断增加放入砝码盘里的砝码，和伴侣保持同频，婚姻才能共振。因此，你们结婚之前需要就生活目标达成一致，学会共同进步，一方脚步太快，或一方停滞不前，都会影响天平的平衡，从而给婚姻造成危机。

9. 我们能够抵御外界的诱惑吗？不管发生什么，我们都会信任彼此吗？

"多希望你没见过什么世面，一生只爱我这张平凡的脸。"这句歌词仿佛唱出了很多人的心声。在婚姻里，我们又何尝不想要一个爱人，拥有从一而终的被爱。但我认为歌词的逻辑不对，应该是：希望你见过很多世面，却仍然只爱我这张平凡的脸。

以我多年婚恋咨询的经验来看，没有见过诱惑的伴侣，在诱惑到来之时，很容易深陷其中无法自拔。只有见过诱惑，又为你坚定拒绝诱惑的伴侣，才会陪在你的身边，一年又一年。

变心、背叛、出轨……这些都是造成婚姻破裂的典型原因，本质上还是归根于人的内心不够安定，外面一丁点的风吹草动，都足以撩拨得人心痒痒。并且，在背叛发生之后，即便伴侣选择了回归，但这时你们之间会存在一根刺，这根刺会一而再再而三地对你们之间的信任感发起攻击，最终摧毁你们的婚姻。

若是不婚，两人风花雪月一场，便已足够；若是结婚，两人深信不疑一生，才能成就美好婚姻。

10. 我们有心理准备面对婚姻里的意外吗？双方可以陪伴对方到什么程度？

我提一个很现实的问题，如果有一天你的伴侣因为意外失去了工作能力，抑或是你的伴侣因为疾病失去了自理能力，你还会一如既往地陪在他身边吗？

这个问题很沉重，但谁也不知道不幸会不会降临到我们身上，所以我们一开始就要和伴侣好好聊聊。当意外和疾病发生的那一刻，我们希望对方为我们做些什么？当我们在这段婚姻当中成了对方的负担，我们会不会放手，允许伴侣去追求更加轻松的生活？

一位脱口秀演员在求婚之时说："这个世界上没有天生的好人，只有被约束的文明者。"婚姻不是牢笼，没有禁锢过谁的自由。如果我们甘愿受爱约束，受婚姻约束，就算不上不自由，而是幸福的黏合。希望我们有一天，在步入婚姻之际，能够想清楚婚姻里面的这十个问题，执子之手，与子偕老。

婚姻，才是你下半生的开始

平日里应酬到凌晨的做销售的朋友，在成家之后便有了一条新规定，喝酒不过三巡，归家不过十点。我问他："嘿，哥们儿，是什么改变了你的生活作息？"他先是假装哀怨地叹一口气，后用无比幸福的语气回答我："今时不同往日，我这不是结婚了嘛！"

另一位朋友更加夸张，往日里纵横"夜场"，号称"城市夜晚的孤狼"。在此说明一下，这里的夜场不是大家想象中的那种不良场所，而是以风趣幽默的方式，调侃他加班、熬夜。我们经常劝他保重身体，防止猝死，奈何他都当作耳边风，还反驳说自己孤家寡人，根本无须在意。直到这哥们儿进入了婚姻，不仅生活作息规律了，起早睡早，还钻研起了养生之道，就连生活方式也变得健康了，大家忍不住感慨道："你终于开始惜命了。"

他说："以前一个人的时候，只需要对自己负责，死不了就行。现在成家了，那种感觉就不一样了，你的生命突然被赋予了更重要的意义，因为你的存在不光是为了自己，还为了你的伴侣，你的孩子，你的家人，就好像进入了人生的一个全新赛道。"

我们常常说，人生分为两场，上半场和下半场。从你婴儿时期的第一声啼哭开始，你的上半场就已经开始了。在此期间，你的父母开始为你筛选好的学校，让你接受好的教育，帮你开拓优质的朋友圈，培养你成为一个优秀的人，所有的这些准备，其实就是为你的人生下半场做铺垫。

而人生的下半场是从什么时候开始的呢？有人说，是从你踏入社会开始工作的那一刻开始的；有人说，是从你三十岁的那一刻开始的。其实人生下半场的开始，没有所谓的确切时间，但它从你寻得如意伴侣，迈入婚姻的那一刻起，就已经是真正意义上的正式开始了。在以婚姻为长度的赛道上，有些事你越早知道，你的下半生就越幸福。

婚姻，是爱情的开始

许多人把婚姻看作爱情的结局。如果你这么想，婚姻便瞬间失去了魅力。对视、牵手、拥抱、亲吻，这些令人脸红心跳的瞬间，我们称之为"爱"，但是这种爱是浅薄的。因为我们可以和其他任何人对视，和其他任何人牵手，即使我们在心理上并不喜欢这个人，行动上却仍旧可以和他表现亲密。

相较之下，婚姻里面的爱情便平淡了许多，它是和喜欢的人一起吃饭、一起做家务、一起教育孩子、一起照顾父母，在这样日复一日的情境下，或许有人会抱怨，爱情消失了。尤其是对女人而言，她们对爱情的判断来自对方的外在行为，比如说：

他从前每天对我说"早安""晚安"，现在不说了，就是不爱我了。

他从前每天都要跟我亲吻拥抱，现在频次减少了，他一定不爱我了。

但你要是稍微用语言刺激一下女人，她们又能瞬间清醒。举个很简单的例子，当女人感觉不到爱的时候，你劝她，既然不爱了就不要凑合过了！这个时候女人一定会反驳你："可是他对我的孩子很好，对我的父母很好，我舍不得。"

女人几乎很少能够反应过来，这种舍不得就是爱。其实爱情并没有从婚姻中消失，而是以另一种形式展开了新的开始。伴侣对家庭的付出，对小孩的耐心，对父母的尊重，都是源于他爱你，所以他心甘情愿为你做这一切，否则他早就甩手不管了。

婚姻，是责任的开始

我在不少相亲活动中问过女嘉宾，最喜欢什么类型的伴侣。她们的回答大致相同：最喜欢有责任心的伴侣。

不光女人喜欢有责任心的男人，男人也喜欢有责任心的女人。一次在朋友举办的茶局中，听到这样一对夫妻的故事。

丈夫和妻子吵架，两人都嚷嚷着要离婚，最后丈夫选择夺门而出，妻子也收拾行李离开了家门。到了晚上七点钟，在闺密家待着的妻子，突然意识到孩子要下晚自习了，于是晚饭也顾不上吃，拎着行李又匆匆往家赶。刚走到楼下，便看到了丈夫来回踱步的身影，明显是在等人。

妻子凑近丈夫，没好气地问他："你在这儿干啥呢？"丈夫挠挠头，像个孩子般地小声嘟囔了一句："这不没带钥匙吗。"

妻子问："你不是跑出去了吗？还回来干啥？"丈夫一边接过妻子手里的行李，一边贫嘴："你不也回来了吗？快回家吧，孩子待会儿看见影响不好。"

夫妻俩相视一笑，又其乐融融地回了家。

我相信再好的婚姻，都免不了有矛盾、争吵，甚至气急败坏的时候，还提过要跟对方离婚。但是，从我们选择婚姻的那一刻开始，我们的每一个决定不仅要对自己负责，更要对伴侣负责。

责任是什么呢？责任就是，即便我被你气到离家出走，但是在出走的路上，我看到好吃的，还是想买给你吃；责任就是，即便我说了"再跟你好，我是孙子"这样的话，但是一想到没有你的日子，我还是像个孙子一样回到了你的身边。这就是婚姻的责任，绝非一时兴起，而是一生负责。责任让婚姻更加稳固。

婚姻，是向上的开始

婚姻是一座围城吗？在我看来，婚姻是一座移动城堡。它不是固定在原地不动的，而是随着两个人的移动，或向上走，或向下走。比如说，在物色结婚对象的时候，长辈们常常会苦口婆心地告诉女人："一定要好好选啊，因为婚姻是女人的第二次投胎。"你的父母决定着你的第一人生，而你的伴侣决定着你的第二人生，由此可见，婚姻对一个人下半生的影响是不容小觑的。

那么，应该如何挑选结婚对象，才能保证自己今后的人生是在向上移动的呢？

在人际交往的过程中，有一个词很流行，叫作"向上社交"，即人在交往过程中，如果想要积累资源，获取人脉，让自己得到更快速的进步，那么你就要融入一个更加优秀的圈层。这个方法同样适用于婚姻。如果你想遇见更好的自己，除了自身付出努力，伴侣给你带来的正向效应同样值得关注。

假设你的伴侣经常鼓励你、认同你，你的自信程度就会直线上升；反过来，假设你的伴侣经常打压你、否定你，你的自我价值感就会越来越低，甚至产生"我配不上对方"的想法。婚姻，是为了让我们的人生更上一层楼，而不是让我们的人生无尽地往下跌。

　　一个人对外表现出来的状态，其实就是他的婚姻状态。我们结婚的意义，绝非找到一个只能凑合过日子的人，然后互相折磨、一起堕落，而是在这个川流不息的世界里，找到一个志同道合的人，我们认同彼此的三观、能力，我们支持彼此的梦想、规划，我们生而普通，却愿意和对方一起成为更好的人，这样的婚姻，才能让我们的下半生过得更加精彩。

Marry

结 婚 ， 挺 好 的 ！

Chapter 2

爱的小雀斑

所谓的婚姻最美的样子，不是两个人在外貌上越长越像，而是在细水长流的日子里，两个人的心始终紧紧相依，不畏惧时间变迁，慢慢相处，长长相爱。

真正打败婚姻的，是生活中的细节

法国文学家伏尔泰说过一句很经典的话："使人疲惫的不是远方的高山，而是鞋子里的一粒沙子。"这句话同样适用于婚姻。在夫妻二人的相处过程中，真正打败婚姻的，往往不是那些令人措手不及的大事，而是生活当中慢慢积累起来的细节。

给大家分享这么一个案例：在一对夫妻的结婚纪念日，丈夫煞费苦心地给妻子买了一对限量版的耳环，妻子很高兴。但隔日，妻子做饭的时候，不小心切伤了手指，丈夫的第一反应不是给妻子包扎，而是指责妻子为什么笨手笨脚。妻子很委屈，"离婚"二字脱口而出。以下为他们的对话，各位读者可以仔细品析一下。

> 丈夫："你就因为这点小事要跟我离婚？"
> 妻子："这不是小事，是你对我的不体谅！"
> 丈夫："我怎么不体谅你？我给你住大房子，给你买贵重的耳环，你身上的哪一样不是我给你的？你还有什么不满足的？"
> 妻子："可我要的不是什么大房子、贵重的耳环，我要的是你的关心，是你的体贴，是你对我的照顾！"

丈夫:"你可真够白眼狼的,昨天收到耳环的时候还笑得跟一朵花一样,今天割破手指就要跟我离婚。你怎么不多想想我对你的好,就记住那些没用的!"

在他们的对话中,丈夫反复强调,自己给妻子住大房子、买贵重的耳环就是对妻子好。但是妻子不这么认为,比起耳环,妻子更想要的是丈夫的关心,比如割破手指时丈夫的安慰,而不是丈夫的冷嘲热讽。

丈夫也一定不理解妻子的行为,难道就因为自己随口而出的指责就要离婚?难道她忘记自己对她的好了?到底是哪里出现了问题?

这个问题的答案就在于,男女在对待婚姻这件事情上,思维结构不同。男人的粗心与随意,经常给女人带来情感上的落差。女人是感性动物,在意男人从行为、语言和细节上带给自己的满足感。而男人是理性动物,往往照顾不到女人的细节和浪漫,认为自己只要从"大事"上满足女人的需求,就可以维持好一段婚姻。

比如说,男人认为只要给女人完成买车、买房、送她豪华大礼这几件大事,女人就一定会死心塌地地跟着自己,殊不知,女人在意的并不是什么"大事"。在女人的情感观念里,无论事情大小,她们所获得的情感体验是一样的。举个例子,一个男人送女人车和送女人玫瑰花,女人的心情是一样愉快的,她们并不会因为车昂贵一些,心情就更上一层楼。因为女人在乎的,是这个男人有没有为自己付出行动的心意——重要的是心意,而不是心意的大小。

同样的道理,当一个男人让女人感到失望的时候,也没有事情大小之分。一个男人出轨和一个男人对另一半的忽略,带给女人的伤害其实是同等性质的,只不过前者是集中性的爆发,而后者是累积性的爆发。

我身边曾经有一对夫妻，结婚六年，丈夫终日在外为生意奔波，妻子则全心全意地投入家庭，照料一家老小的生活起居。一日，丈夫深夜归家，想让妻子为自己洗点水果，谁知妻子苍白的脸庞瞬间泪如雨下，第二天便提出了分居的想法。丈夫怒气冲冲，直呼妻子不体谅自己工作的辛苦："不好好在家当贤内助，还非要把这个家闹得鸡飞狗跳。"

妻子冷笑一声，没有说话，直接收拾行李回了娘家。

后来，丈夫从母亲那里得知，前段时间，妻子小产过一次，医生反复嘱咐妻子不要碰冷水，不然不利于后期身体恢复。丈夫这才恍然间记起，好像是有这么一回事。他打开微信，仔细翻看和妻子的聊天记录，发现自己最常回复妻子的语句居然是：行，好的，知道了。回复的字数加起来，居然还不如自己回复员工的一条工作建议的字数。

这个故事不仅仅存在于我身边，而且是大多数人婚姻当中很常见的一个情景：一个忙于工作，无心顾及另一半，一个默默忍受，不知如何发泄情绪；一个以为，婚姻只需要赚钱养家，一个不解，婚姻为何少了关怀。结婚前，我们都幻想婚姻是爱情的殿堂，结婚后我们发现，好的婚姻，才是爱情的殿堂，而不好的婚姻，就是两个人的痛苦。

不得不承认，经济是婚姻的基础，但是除此之外，婚姻的本质还是爱，是关心，是你对另一半的付出。

"婚姻教皇"约翰·戈特曼说过，一段感情成功的关键，不在烛光晚餐里，也不在浪漫的海滩上，而是对伴侣的在意，对生活细小瞬间的关心。

"细节打败婚姻"这个说法绝对不是空穴来风。在我接触的婚姻咨询案例中，许多人都苦恼，不知道婚姻的问题出在哪儿，但其实深究下去，原因无非在于：没有给足另一半认可，尤其是在细微小事上的认可。

我们之前说了，男女的思维模式不一样，男人总想着从一些大的方面去获得女人的认可，于是投入了相当多的时间和精力，最后却因为一件"小事"，将两个人推到了分崩离析的边缘。其实，男人大可不必大费周章地去满足女人，只需要做好一些力所能及的小事，或者适当调整自己付出的方向，就能够让心爱的女人满心欢喜地留在自己身边。

比如说，多关注女人的情绪。去观察女人出现情绪背后的原因，而不是指责女人为什么会出现这种情绪。比如说，多关注女人的需求。这里所说的需求，不是站在男人的角度去想"我觉得她应该需要什么"，而是站在女人的角度去想"她真正需要的到底是什么"。再比如，多付出一些小的行动，为对方倒一杯水，或者，为对方做一顿饭——不要觉得这些行动看起来普普通通，还不如赚钱给对方买一件奢侈品。

你要知道，婚姻是没有捷径可走的，就好比是两个人在盖房子，你在细节之处做得越好，房子就越坚固，婚姻的抗风险能力就越高。如果仅仅是追求捷径与速度，这里少填一块砖，那里少装一根钢筋，房子摇摇晃晃，经不起一丁点的风吹雨打，这样的婚姻，根本经不起时间的考验。

在《幸福的婚姻》一书中，有一个问题值得人深思：我们为什么想和一个人结婚？是因为对方长得好看，是因为对方有钱，还是因为对方能够给自己带来某种好处？

都不是。作者给出的答案是，因为细节。

大多数女人对另一半的期待，无关乎家庭，也无关乎长相，而是在漫长的婚姻生活中，对方是否对自己拥有长久的耐心和始终如一的决心，更是细节之处——男人表现的那份真诚与体贴。在两个人的相处过程中，语言可以美化，动作可以伪装，但是细节不会骗人，他知道你脆弱的地方在哪里，所以不会轻易触碰，他也知道你烦恼的事情是什么，所以选择共同承担，他是你积极生活的动力，也是你难过时分的臂弯。

对没有婚姻经历的人群来说，经营婚姻看似是一件非常困难的事，可实际上婚姻没有那么复杂，适当的关心与温暖，就能让两个人长长久久地携手走下去。一段幸福的婚姻，往往没有长篇大论的秘诀，只有在细节之处给足伴侣认可，互相帮助，互相体谅，真心就是最好的秘诀，细节就是最好的表达。

性格不合，是杀死爱情的万能借口

在一段以失败告终的爱情故事里，最常见的理由就是"我们性格不合"。乍一听，这似乎是一条比较合理的理由，但仔细品品，这条理由又未免有些牵强。

各位读者不妨想想，当初在一起的时候，男人和女人排除万难，彼此说着"无论生老病死，我都会陪在你身边"的誓言。后来分开时，男人和女人仿佛刚刚经历了一场失忆，什么誓言、承诺通通抛诸脑后，彼此之间只撂下一句："对不起，我们性格不合。"此情此景是不是令人唏嘘不已？

其实，现实生活中有很多这样的情景：一对看起来感情不错的夫妻，突然之间宣布离婚，其对外公布的原因，皆是两人长期性格不合。那么这个时候，一定会有吃瓜群众发问："为什么你们相处这么多年才发现性格不合呢？"

问题的关键就在这里：当初表白的时候，两个人没觉得不合适；谈恋爱聊得火热的时候，两个人没觉得不合适；甚至是相处过程中经历了无数次的争吵，两个人也没觉得不合适；怎么到了要分开的瞬间，性格不合就成了杀死这段爱情的万能理由了呢？

你们有没有想过，有时候男女之间的性格不合只是一个借口？不是真的合不来，只是不想再努力了，也不是真的相处不了，只是没有那么爱了。

不够爱，所以拿性格当借口

无论是在恋爱时期，还是在婚姻相处中，这样的情景你一定不会陌生：一对正在分手中的恋人，一个试图挽留，另一个执意要走。一个问："你为什么要离开我？"另一个答："因为我们性格不合。"一个继续追问："可是相爱的时候，你说很欣赏我的性格。"另一个听到这里开始沉默，仿佛被对方戳到了最真实的想法，一时间所有的理由都变成了借口。

你看，这就是感情当中很扎心的一个真相。当他爱你时，就算你撒泼耍横，他也觉得你性格可爱；当他不爱你时，就算你温柔体贴，他也觉得你性格难忍。性格不合，只是他不想与你磨合的借口罢了。

有这样一个理论证明：人在恋爱之初，异性之间互相吸引对方的，往往是性格中的互补之处，即双方的差异。两个人之间的差异，就像盛开在花圃里的迷人玫瑰，远看之时，吸引力十足，你迫不及待地想要拥有，但近看之时，发现玫瑰带刺，那些密密麻麻又扎手的小刺，让你产生了退避的想法，你恨不得离这朵玫瑰越远越好。

人之所以会产生这样的心理变化，是因为受求同心理的影响。人对人以群分的需要超过了差异性带来的吸引力。我们要知道，吸引和相处是两个不同的概念，同时是感情生活中的一个矛盾点，即人容易被与自己不同的人吸引，但是在相处过程中，这些不同往往会引起各种各样的问题。

举个例子，一个性格内向的人和性格外向的人在一起，性格内向的人习惯安静，不爱说话，但性格外向的人喜欢热闹，滔滔不绝。那么两个人出去游玩的时候，必定会产生分歧，性格内向的人想去人少的地方游玩，性格外向的人想去人多的地方游玩，如果两个人都不愿意为了对方妥协，那么最后的结局必定是分道扬镳，各走各的。但是只要其中一方做出了让步，那么性格不同的两个人依然能够和谐长久地走下去。

我在情感领域见过非常多的案例：两个人吵着闹着要分开，说什么性格不合，其实就是不愿意迁就对方。如果你继续往下深挖，你会发现一个更加残酷的事实，那就是对方没有那么爱你。

不够爱的表现就在于，一旦你们之间出现了某种摩擦，对方总是抱着"解决不了"的态度，动不动就把"性格不合，沟通不了"挂在嘴边。这类人总想着换一个性格与自己合得来的人就好了，于是遇到不合就想拆伙，他们没有耐心，不想为对方付出，遇到一点小事，就开始甩锅，总以为是别人对不起自己，却很少反省自己是否做得足够完美。

感情当中，男人和女人正是因为懒得去适应对方，懒得为对方付出更多的爱，便有了"性格不合"这样的理由，其实"性格不合"只是分开时一个体面的说辞而已。可是，男人和女人忽略了，拥有一段长久的感情，靠的不是性格相合，而是两个人足够珍爱彼此，愿意和对方共同努力去开创美好的未来。

只要两个人相爱，一切阻碍都可扫除，怕就怕，其中一方明明没有那么爱，还要拼命为自己找借口，拿性格当挡箭牌，拿不合当导火线。

性格不合，未必无法相爱

我们要知道，这个世界上没有完全相同的两片树叶，当然也不会有性格完全相同的一对男女。无论是恋人还是夫妻，男女双方在相处过程中，必然会发现对方与自己背道而驰的一面。

我曾经接手过这样一个案例：女主人公罗安是个控制欲极强的人，她无法忍受伴侣与自己的性格相差太远，于是结婚之后，她每天都想着怎么改变自己的另一半。在罗安歇斯底里的改造之下，罗安的伴侣感到痛苦不已，最终选择了离开罗安。经历了两次失败的婚姻，罗安开始反思自己的问题，并找到了我，希望我能给出一些建议。

我告诉罗安，婚姻当中，人人都想着改变对方，但性格是从小形成的，并非一朝一夕就能改变。况且婚姻的本质，不是让对方变成你眼中的完美情人，而是让自己变得包容、有耐心，能够接纳对方的不同和缺点。

罗安的第三段婚姻，依旧"不那么完美"。她是个急性子，做任何事都求快，认为效率代表一切，而对方是个慢性子，做任何事都求稳，有些事要么不做，要做的话就一定会做好。罗安常常为对方的慢动作而感到焦急，但这一次，罗安没有强迫对方做出改变。

因为罗安发现，男人在被女人勒令要去做某件事，或者说要改变某种行为的时候，即使男人在表面上没有流露出负面情绪，内心却或多或少积累了一些不满。这些不满的情绪就像一片片小雪花，簌簌地落在一起，起初是一个小雪点，后来越滚越大，便形成了一颗巨大的雪球，引起了雪崩，摧毁了爱情。

在我看来，罗安的思考方向是对的。男人作为雄性动物，与生俱来有着一种国王意识，他们喜欢按照自己的想法去执行某件事。如果周围一直有人指指点点，男人就会感觉自己身上被人强行套上了枷锁，这种不舒服的感觉会引起男人一系列的反抗，最严重的莫过于与伴侣分手、与妻子离婚。

我建议和罗安一样控制欲比较强的女性，在试图改变另一半的时候，不妨率先思考一下：在这段感情里面，你真正不能容忍的是对方的性格，还是对方没有活成你心目中完美的另一半？如果是前者，那么两个人可以磨合，可以包容；如果是后者，那么即使是磨合、包容，对方依然会让你感觉到不满意。

婚姻是两个人的旅途，在你忍受对方的同时，对方同样也在忍受着你，在遇到某些性格摩擦的时候，聪明的人学着改变自己，固执的人希望改变别人。两个人性格不合，未必就无法相爱。有一个非常有意思的比喻说，两个人在一起，就好像土豆和番茄，本来不是一个世界的，但为了走到一起，土豆变成了薯条，番茄变成了番茄酱，从此成了绝配。爱情就是如此，没有天生合适的一对，但只要喜欢，就会包容，就会为了对方，把自己变成那个最合适的人。

长得越来越像了，心却越来越远了

如果把婚姻比喻成果实，那么果实熟透之后你会选择怎么安置它？是放在冰箱里面保鲜，还是放任它自由生长？也许你会回答，保鲜，毕竟谁不想要一段长久的婚姻？也有人选择认命，反正婚姻迟早都会碰上麻烦，那就让它自由生长，枯萎腐烂吧。

只有少数聪明人发现这是一道伪命题。因为任何食物，包括罐头、秋刀鱼、水果，都是有保质期的，即使把它们放在冰箱里面冷冻起来，也只是解决了一段时间的燃眉之急。当然，如果你对它们置之不理的话，它们变质的速度会更快。

看到这里你也许会问，那怎么办？难道婚姻成熟之后只能眼睁睁地看着夫妻感情变质，彼此相处冷淡吗？

"冷淡"这两个字，就像是埋在婚姻当中的一颗不定时炸弹，在它被引爆之前，婚姻是平稳的、和谐的。可一旦冷淡被引爆，等待夫妻二人的将是一场没有声音的战争，你听不到任何危险的信号，但是心里的某个地方已经被火药炸得千疮百孔。最要命的是，你竟然不知道这颗炸弹为什么会被引爆。

想一想，你和伴侣的婚姻状态是不是这样的：

婚姻之初，你们怀抱着爱与希望，彼此携手踏入未知的未来，那个时候你们每天腻在一起，二十四小时还是觉得不够，超过两个小时看不到对方，心里就会觉得空落落的。你们一起期待未来，期待每一个约会和重大节日。可是后来，你们的相处模式在不知不觉间发生了改变，见面时间从二十四小时变成了晚上睡觉的八个小时，甚至每天不见面也觉得无所谓，很久不回消息也能够平静接受。偶尔聊天，你说你的经历，他谈他的规划，明明是两个无比熟悉的人，却在对方身上感受到了前所未有的陌生。是啊，相伴多年，周围的人都在说："哎呀，你们两个真是越来越有夫妻相了。"只有身处其中的你们明白，两个人越长越像，心却越来越远了。

为什么我们会越走越远

"我懒得跟你说，你这个人真是不讲道理！"

"喂，我跟你说话呢，你怎么老是装作听不见？"

"我累了，有什么明天再说。"

"能不能消停点，我先睡了……"

"……"

这些语句你熟悉吗？

你们之间的对话，从一开始的热情满满，到后来的冷淡敷衍，你甚至忘记了爱情本应该是什么样的。婚姻，仿佛是一记潦草的勾勒，在你的生命中，逐渐变得碍眼。不知道从什么时候开始，你们之间相互嫌弃，抱怨声此起彼伏，甚至后来干脆懒得争辩，直接用沉默回击对方。

任谁看着都会觉得讽刺，夫妻之间的距离本该是最近的，但是偏偏过着过着，就成了同一屋檐下的陌生人。这是什么道理呢？

其实，很多人在婚姻当中都会面临这样一个问题：当爱意逐渐消退，我们是否还能接受彼此？

爱情一开始是新鲜的、热烈的，但是随着时间的推移，爱情会逐渐变得平淡、冷静，这时候，有人受不了就会中途喊停。不知道大家有没有听过，管理学上有一个概念叫作"木桶效应"，它指的是一只水桶能装多少水，不取决于这个水桶总体有多高，而取决于它最短的那块木板高度有多少。这个概念同样适用于婚姻，一段婚姻能够维持多久，不取决于其中一个人爱得有多深，而取决于他对你的容忍底线在哪里。

举个例子，你非常爱你的伴侣，无论他做什么你都能无条件地包容对方，但是你的伴侣对你的容忍底线很低，你只要一天不做家务，他都会对你冷言冷语，那么这样的婚姻，只要你的伴侣开始喊停，基本上就很难继续维持了。但是，如果你的伴侣对你的容忍底线很高，你有多包容他，他就有多包容你，那么即使你们之间的爱情不再如最开始时那般浓烈，也是能够长久维持下去的。

夫妻之间所有的渐行渐远，都是因为没有足够的包容。在这里我们要明白婚姻的本质是什么。婚姻的本质，不是你爱一个人最优秀、最完美的一面，而是对方邋遢的时候，你能帮他改头换面，对方堕落的时候，你能拉他走出深渊，是你热爱伴侣的风光无限，也能接受他的狼狈不堪。

当然，包容只是一方面的原因，还有另一方面的原因，是夫妻之间的生活方式出现了分歧。

结婚前，爱情是浪漫主义；结婚后，爱情就变成了实用主义。当你们开始为了柴米油盐精打细算的时候，必然就会出现消费观的分歧。男人和女人最大的不同，就是男人怕麻烦，买东西的时候喜欢直奔主题，男人是带着具体的目的和规划去采购的，而女人喜欢货比三家，会反反复复地对商品的价格进行比较。如果男人和女人一起外出消费，男人很快就可以下定决心买单，而女人往往会因为"买亏了""占不到便宜"等，跟男人产生消费观念上的争论。这种日积月累的消费矛盾，一开始只是一颗小小的种子，最后会生根发芽，生长到两个人都无法调节的地步。

还有未来目标的改变，也会让夫妻二人之间慢慢生成落差。比如一开始，你们只是想要一间属于自己的房子，想要三餐温暖，四季陪伴，但后来，一个人不断前进，想要更大的房子、更高的生活品质，而另一个人安于现状，对未来没有太多的欲望。两个人的未来目标不一致，必定会产生不理解、不认同、不支持等情绪，最终一个向左，一个向右，你们之间的距离，就会慢慢长到看不到彼此。

我常常觉得，婚姻就像爬楼梯，只有两个人步伐一致、目标一致，才有可能互相搀扶，一起到达终点。如果在爬升的过程中，一个人的速度越来越快，另一个人停下来止步不前，你们面对的，将会是可预见的疏离、冷淡和孤独。

我们能不能不疏远？

张小娴说："爱情使人忘记时间，时间也使人忘记爱情。"在那些朝夕相处的日子里，有些人越来越亲密，有些人越来越疏远。我们都知道，爱情的本意，从来都不是彼此分离，相互疏远，但感情的走向往往不受控制。

"我们能不能不要变得陌生？"

"我们还可以好好相爱吗？"

"我们可以一辈子不分开吗？"

这三个问题，相信许多夫妻都已在内心问过自己。婚姻没有想象中那么坚强，但也绝不脆弱，它就像一汪湖水，表面上看已经掀不起任何波澜了，但只要想想办法，轻轻地吹一吹，搅一下，那些圆圈一样的涟漪还是会从内向外慢慢漾开，直到整个湖面泛起粼粼波光，重焕生机。

如果你和伴侣已经走到了疏远的边缘，那么你首先可以做的，就是利用回忆心锚，让他重新注入对你的爱。我之前写了，爱情会随着时间而变得平淡、冷静，这个时候，伴侣对你的注意力会逐渐降低，关于你美好的一面，他也已经开始慢慢淡忘。所以你不妨试着帮他回忆一下，讲一讲你们过去相爱的瞬间，谈一谈你们在一起经历的酸甜苦辣，让他重温那段新鲜又炙热的感情，相信旧时的爱意会像一束小火苗一样蹿起，瞬间在你们之间燃起更大的爱意。

回忆心锚的作用就是，重复利用过去的美好瞬间，不断强化你在他心中重要的一面。你有没有发现生活中有这样一个现象：年纪越大的人，越喜欢回忆过去？原因是，当下的经历已经没办法让他们产生心情起伏了。但是只要一讲起过去，他们的嘴角就会上扬温柔的笑意。所以这就是回忆的魔力，即使是在平淡的当下，只要一想到过去有过浪漫的瞬间，有过小鹿乱撞的心动感觉，你便能快速地沉溺其中，唤醒心中那种久违的兴奋感。

如果你和伴侣因为生活方式而逐渐疏远，你们要做的，不是彼此抱怨，不是用冷暴力对待彼此，而是重新为生活树立目标。我曾处理过一个案例：一对小夫妻，婚前恩爱无比，他们约定一起努力工作买房，等到房子到手了，他们约定要一起为房子添置一台电视、一个衣柜、一张沙发……两个人的相处过程既和谐又温馨。等到他们把所有该买的家电都买了，该布置的软装都实现了，两个人应该从此开始幸福快乐地生活才对，然而现实是，他们的感情开始走起了下坡路，丈夫开始为了更大的房子而努力，使劲地加班、存钱，而妻子却觉得没必要，常常不顾丈夫的感受，胡乱地消费，两个人之间的矛盾一触即发，最后丈夫觉得妻子不理解自己，妻子觉得丈夫在做无用的加法，于是两个人坐在一起，常常是无言以对的状态。

好的婚姻，是夫妻两个人朝着同一个地方看去，如果一方极速向前的话，另一方也要加快脚步赶紧跟上。你们可以不断地为自己的生活设立一些小目标，比如说周目标、月目标、季目标、年目标等等。只有当你们始终处于并肩作战的状态，才能更理解彼此的想法，感受彼此的感受。

你知道吗？所谓的婚姻最美的样子，不是两个人在外貌上越长越像，而是在细水长流的日子里，两个人的心始终紧紧相依，不畏惧时间变迁，慢慢相处，长长相爱。

我们能不能好好说话，不伤人

伴侣之间的语言会随着时间而发生改变。热恋时期，伴侣之间最常说的是"我爱你""我想你""我一定要跟你结婚"。新婚时期，伴侣之间依然能够和和气气地说话，只不过常用的语言没有了热恋时期的甜蜜，两人沟通往往是就事论事，有什么说什么，多以陈述句为主。到了婚后一段时间，伴侣身上的缺点逐渐显露，两人之间的对话就常常充满了火药味。

> "你这么晚才回家，不如以后别回来了！"
> "我跟你说话真是对牛弹琴，太累了！"
> "真不知道当初我为什么会看上你，你根本就不懂我！"
> "……"

乍一听这些语言，还以为两人之间有什么深仇大恨。你很难想象，这些话是从你亲密无间的伴侣口中说出来的。有时候，语言就像一把利剑，生生割断了两人之间如胶似漆的情谊。从曾经的甜言蜜语，到如今的冷言冷语中，我发现一个规律，即人与人之间的裂缝，都是从不好好说话开始的。杀死婚姻的最大元凶，不是背叛出轨，而是出口伤人。

仔细想想，在你和伴侣的相处过程中，有没有言不对意的时候？某些时刻，你明明想要关心对方，出口却变成了责问，明明想要温暖对方，出口却变成了埋怨。

比如，老公因公应酬，回到家一身酒气，你的本意是想让对方少喝点酒，可是开口就是："我看你喝这么多，迟早进医院！"

老公一听这话，也不乐意了："要不是为这个家，我用得着出去应酬？"

夫妻之间的一场语言战争就此拉开帷幕，而这样的唇枪舌剑似乎每天都会重复。夫妻双方，不光会在糟心的事情上发生争执，遇到高兴的事情，若是因为表述不当，同样也会闹得鸡飞狗跳。

说一个很常见的案例：一位已婚男士，平日里不怎么注重仪式感，但是在情人节这天，男士兴高采烈地给老婆买了一束玫瑰。本来是一件令人开心的事，可是老婆收到花的时候，一句话便打破了两人之间的平静："哟，你给我送花还真是太阳打西边出来了，是不是背着我干坏事了？你不会是心虚吧？"

男士心里很憋屈，因为他原本是想给老婆一个惊喜，没想到自己的好心被对方当成了驴肝肺。而老婆最初也没什么坏心眼，只是随口调侃了一句，没想到让男士感到了生气、委屈、难过。于是一个浪漫、惊喜的情人节，就变成了两人嘴上大动干戈的一天。这个案例不禁让人感慨，为什么夫妻之间这么亲密，可是说起话来却句句伤人呢？

我们为何会出口伤人

其实不只是夫妻之间，任意一段亲密关系中，经常有这样一个奇怪的现象：我们对待陌生人，永远维持着客客气气的态度，说话不会大声，用词不会犀利，甚至在行为上都会更加礼让三分。反观我们对待周围的人，关系越是亲密，说话、行为越是随意，我们根本不在乎自己的用词是否得当，行为是否冒犯。而产生这种态度反差的最根本原因是：我们对亲密的人太过了解，所以耐心值也就降低了，甚至忘记了亲密伴侣之间也需要存在边界感这件事。

在恋爱时期，男女心里或许还会埋藏着一颗名为"害怕"的种子，害怕对方离开或者因为某种不恰当的言行举止而失去对方，所以格外注重自己的一言一行。可进入婚姻之后，这种"害怕"的心理逐渐消失，因为在长年累月的相处过程中，夫妻双方都认定了对方不可能轻易离开，所以对暴露自身缺点这件事也不再感到担忧。

很明显的一个变化在于：恋爱的时候，对方说错了话，你会告诉自己忍一忍就算了："以后的路还长，还有机会改变对方。"结了婚之后，对方说错了话，你会克制不住自己直接开战："既然改变不了对方，那就破罐子破摔。"

发现没有，结婚之后我们留给对方的耐心越来越少，因为认定对方不会改变，所以不想再包容。那么这个时候，绝大多数人都会产生这样的想法：只要对方让你感到心里不舒服了，你就会毫不留情地立刻展开反击，他伤你一句，你便要还他一分。然而这样的行为，除了逞一时发泄之快，对夫妻双方没有任何好处，有些人争着争着感情就淡了，吵着吵着婚姻就没了。

每个人踏入婚姻的初衷，都是与对方相互扶持，共同创造幸福的生活。可问题在于，想要维持亲密的关系，如果连最基本的沟通都处理不好，结果自然会与初衷背道而驰。语言的杀伤力在于，有时候你认为自己说出的只是轻飘飘的一句话，落在别人身上却成了千斤石，它是亲密关系当中最容易被忽略，但也是最容易搞破坏的一个元素。所以越是亲密的关系，两个人越需要好好说话。

我们能不能好好说话

夫妻间好好说话的第一步，从理解对方的需求开始。当伴侣和我们产生矛盾的时候，不要急于发火，或者急于反驳对方，先理解对方的准确需求，搞清楚对方说这句话的动机是什么。

我见过许多夫妻，甜蜜的时候说着天长地久的诺言，生气的时候却恨不得把对方骂个狗血淋头。这里有一点值得注意：为什么伴侣一生气就不能好好说话？因为人在生气的时候，心理处于一个"饥饿"的状态，这里说的"饥饿"，是人渴望被理解的程度。

比如说，你喜欢在家乱扔袜子，你的伴侣看见之后非常生气，她跟你说："你下次能不能好好放袜子！"听到这句话之后，你的第一反应是什么？是伴侣在抱怨，在撒火，还是在问责？如果你往负面方向去想的话，很容易曲解伴侣的真实需求。实际上，她让你好好放袜子的背后，是希望你能理解她做家务的不容易。我们要明白一点，人越得不到理解，他就越渴望被人理解，因此会不断地表达，拼命地说，用力地说，最后就变成了发火、嘶吼，以此来宣泄不被人理解的伤痛。

但是如果在沟通的过程中，你始终保持理性的状态，并从伴侣表述的语句中，准确捕捉到伴侣的真实需求，那么就能避免生活中很多大大小小的争吵，还会让伴侣觉得，你就是这个世界上最懂他的人！

在理解了伴侣的需求之后，我们要做的非常重要的一点是：及时给予回应，让伴侣知道你在倾听他的感受，给予伴侣充分的沟通空间。

很多伴侣在沟通过程中，都会出现这样一种情况：一方在拼命诉说，另一方却无动于衷；一方想要继续沟通，另一方却选择闭口不言。我知道有些人可能会抱着这样一种心理："既然伴侣还在气头上，那就等对方冷静下来再说吧！"殊不知这样只会造成更大的误解，甚至让伴侣觉得你不重视他的感受。如果长时间选择冷处理沟通，只会让伴侣越来越不想跟你沟通，可能一开始伴侣面对你的态度，会生气，会歇斯底里，时间久了就只剩沉默了，无论再发生什么，他都不会跟你分享。

当然，我们在给出回应的时候也是需要一些沟通技巧的，最有效的就是，先回应对方的感受，平复对方的情绪，再表达自己的看法。还是拿同一件事举例，你的伴侣讨厌你乱扔袜子，她跟你说："你下次能不能好好放袜子！"你可以先回应对方的感受，表示自己知道这种行为给对方造成了困扰，让对方知道你把她的话听到了心里，接下来你可以表达自己的看法——你为什么这么做，你的需求是什么，你希望对方给予你什么帮助和支持。或者是，你认为对方沟通的语气不好，那么你希望对方怎么跟你沟通。

我看到一段话说，好的婚姻，不是两个人始终保持客气的态度，像对待客人一样对待彼此，而是两个人之间亲密无间，知道什么可说，什么不可说。开心的时候，可以一起分享；难过的时候，可以互相安慰。人生路长，好好说话，才能好好相爱。

责任有多不对等，婚姻就有多不稳固

曾经有一位女性咨询者找我哭诉："为什么我那么爱他，他还是要跟我离婚，为什么？"

这句话听起来是不是有些耳熟？在恋爱当中也好，在婚姻当中也罢，被分手或者被离婚的那一方，总是会发出类似的困惑："为什么我做得那么好了，他还是要跟我分手？""为什么我为他付出了全部，他却不懂得珍惜？""为什么我一心一意，最后会输得这么惨？"

大家有没有发现，人们在讨论情感的时候，往往会达成这样一种共识：在感情当中，付出得越多的那个人，越容易输得一败涂地。

在我经手的情感案例中，有过这样一个统计，找我咨询情感问题的 70% 的女性用户，都有一个共同点——她们习惯了在感情当中毫无保留地为对方付出，不管事情大小，都想亲自参与，哪怕是男方提出"这件事放着我来"，女人也会主动承担说："不用不用，这件事我可以搞定。"

女人几乎承担了婚姻生活当中的大部分责任，包括做家务，为家人拟订生活计划，安排家庭生活开支，以及处理家庭生活中一些突发性的小状况。此时女人仿佛生出了三头六臂，从婚前的柔弱小女子，一下子成长为婚后的强悍女主妇。她们往往在婚姻关系中扮演着多重角色，既是妈妈，也是妻子，还要扮演"保姆"的日常角色，她们这么拼的目的只有一个：想要成为婚姻当中的完美情人。而她们的丈夫，在婚姻当中的分工就简单多了——只需要承担起赚钱养家的责任就行。

乍一看，男主外、女主内的婚姻生活，好像没有什么毛病，实际上这里面的矛盾暗流涌动，一旦一方开始抗议，家庭的幸福将变得摇摇欲坠。对大部分人而言，维系婚姻的纽带，是爱情，是孩子，是财产，实际上还有一点非常重要的因素被大家忽略了，那就是：付出的分寸。

婚姻好似一架天平，男女各站天平的一端，只有两个人付出的重量相等，天平才能始终维持平衡的状态，婚姻才能进入平稳的阶段。如果一方付出得多，一方付出得少，天平就会慢慢出现倾斜，甚至是坍塌。

两个人之间的责任有多不对等，婚姻就有多不稳固。这是我在接待了上千位情感咨询者之后，总结出来的经验。这一点，我将会用一些真实的案例为大家进行讲述。

越想拿满分的情人，越容易心态失衡

方琪是我大学时期的好友，她结婚的时候，我有幸作为她的证婚人，见证了她和老公的幸福时刻。一开始，他们之间的感情，就像春风遇见星火，温柔的爱意缓缓地燃烧着，从一团小小的火苗，变成了燎原般的炙热。任谁看来，方琪和老公之间的爱情都是坚定的、真诚的。当初在婚礼上，我也曾预想过他们的未来会是"你陪我年少，我陪你白头"这样的画面。但可惜，这样炙热的爱意，在两人结婚一年半之后，就从一段深情的结婚誓词，变成了一纸凉薄的离婚证书。

再一次见到方琪，她整个人都瘦了一圈，深陷的眼窝仿佛诉说着她

在这段婚姻当中的"不幸"。方琪说，自己婚后努力成为一个完美妻子，家里的大事小事，自己一件不落地参与，而丈夫则成了家庭的摆设，每次回到家，两手一摊，啥也不管，好像这个家变成什么样都与他无关。

对丈夫的"甩手掌柜"行为，方琪自然是极其不满的。因为在方琪的感知里，自己为这个家事事操劳，从不抱怨，每天早起为丈夫准备早餐，然后外出购置新鲜的食材，回到家拖地、洗衣、整理杂物，整个人就像一颗被鞭策的陀螺，一直不停地旋转，直到深夜老公睡下才能结束一天的忙碌。可是老公还时不时地抱怨她几句，比如说："今天的菜太咸了，根本就无法下咽！""为什么我的西装都皱成这样了，你也不帮我熨一下？"最让方琪崩溃的是，她为了这个家彻底失去了自己的生活，而老公似乎也在慢慢地脱离她的生活，不理解她，不体谅她，甚至不会去关心她一天究竟做了什么。在重重不满的情绪积累下，方琪最后提出了离婚。

听完方琪的故事，我问了她一个问题："你为什么觉得自己必须成为一个'完美妻子'？不完美不行吗？"

方琪愣了一会儿，说自己根本没考虑过这个问题。她固执且坚定地相信，只有自己在婚姻当中做到完美，才能收获一段幸福的婚姻。

不能说方琪的想法不对，毕竟绝大多数已婚女性都会往这个方向去想。她们把婚姻的责任自然而然地看成"我"的责任，认为只要自己做到极致，婚姻就能往幸福美好的方向发展。实际上，婚姻不只是"我"的责任，更是"我们"的责任。这个"我们"，既包括了妻子的付出，也包括了丈夫的付出。

我不否定方琪想要为家庭付出的心意，但是这个"付出"的分寸是需要控制的。在一段婚姻关系中，如果妻子事事付出，那么无形之中就会剥夺丈夫为家庭付出的可能性。而且在任何关系中，双方都存在一种比较的心理，如果一方付出得太多，那么另一方就会感觉自己毫无用武之地，甚至会养成一种"既然对方那么能干，就让对方来干好了"的懒惰心理。

这样长期发展下去，直接造成的后果就是：夫妻两人关系的失衡。拿方琪的事例来说，两人婚前明明是非常合拍的状态，为什么结婚后就处处看对方不顺眼了呢？本质上还是付出的失衡，让两人的关系产生了质变，妻子在家庭关系中承担的事情太多，对比之下丈夫能做的事情少之又少，妻子苦恼自己做得太多，而丈夫却不知道自己能做什么，最后他们的婚姻如一面玻璃，一击即碎。

婚姻是两个五十分的人，一起考出满分

婚姻里面有一条很奇怪的定律：那些想拿一百分的优等生，最后都考了五十分，反而是那些资质平平，看起来并不突出的考生，最后拿了满分。

看到这里，你是不是会在心里画上一个大大的问号？尤其是当你发现，那些最后拿了满分的考生，他们的行为举止、办事能力都很一般，甚至，你觉得他们的思维也很普通。但是，他们有着无比和睦的家庭关系。

你可能忍不住嫉妒地发问："凭什么？明明他们处处都比不上我，论能力，我更胜一筹，论执行力，我轻松碾压，论责任，我更是一力承担，可是为什么我都做得这么好了，在家庭幸福方面还是比不过他们？"

在方琪等人的思维里，只要自己考了满分，婚姻就能拿到满分。然

而事实却是，婚姻不是单独参考的科目，它是两个人互补之后共同冲刺的分数。举个例子，你在婚姻这堂考试当中表现优异，拿了一百分，但是你的伴侣只是零分，那么你一定会埋怨对方拖后腿，不争气，这时候你们的婚姻关系一定是不平等的。而如果你拿了五十分，你的伴侣也拿了五十分，这时候你们的心里是平衡的，因为你们的付出都是等量的，你们甚至还会很高兴地达成共识：我们的分数加起来就是满分！

"一百分伴侣"是婚姻关系的一种理想状态，但实际上婚姻里面的完美伴侣是不存在的。如果你一直以一百分为目标要求自己，不仅自己会非常疲惫，还会让周围的人感到压力。女性要明白的一件事，就是不要幻想自己可以成为一个一百分的伴侣，拿五十分也好，拿七十分也好，尽可能让自己保持松弛的状态就行了。

其中的原因有两个：

第一，如果你把一百分伴侣当作自己的目标，思维和行为都会变得极端起来，不仅你会时时刻刻处在一种紧张的状态之中，你的伴侣在婚姻关系中也会产生一种压迫式的体验感。

第二，如果你在一段婚姻关系中 100% 地付出，自然也会希望得到 100% 的回馈，你的伴侣未必能够承受得住这么高的期待。

真正一百分的伴侣，在婚姻当中是很可怕的，这就意味着你的生活除了家庭，再也没有其他的重心，你会因此而变得更加玻璃心，只要伴侣的行为举止稍不满足你的期待，你就会在心里埋下"抱怨"和"不公平"的情绪。

家庭不是一个人的"考场"，你的伴侣的得分同样也很重要。所以在婚姻这堂考试当中，一方要适当地学会示弱和求助。在这里我教给大家一个简单的操作小技巧，学会跟伴侣说"这件事我一个人搞不定，我们能不能一起完成"，让伴侣也承担起对家庭的责任和照顾。在语言上面，尽量把主语"我"更换成"我们"，比如说，做家务的时候，不要说"这是我的事情"，要说"这是我们的事情，但是如果你没有时间的话，可以先由我一个人来完成"，让伴侣养成"家庭需要两个人共同经营"的思维。

一段稳固的婚姻，不是由你一人抵挡风雨，为对方负重前行，而是两个人共同努力的结果。你累的时候，我扶你一把；我倦的时候，你拉我一把。

还记得之前有人问我，长久的婚姻是什么样子的？

我说，不要做完美伴侣，要做和对方共同成长的伴侣。我没有多好，你不嫌弃就好，你不用多好，我喜欢就好。虽然我们都是五十分的考生，但是我们拼凑在一起，就是最完整的一百分，就是最美好的爱情的样子。

这，就是长久婚姻该有的样子。

三十岁前看家庭，三十岁后看自己

曾看到这样一段话：每个人一生之中都有两个家，一个是我们从小长大的家，有爸爸妈妈和兄弟姐妹，另一个是我们长大以后，自己结婚组建的家。

深以为然。在以"家"为重的思想教育之下，我们每个人都要爱家、成家。第一个家，我们没的选，因为生来就注定了，而第二个家我们可以自己选择，包括这个家的家庭成员组成、家庭氛围走向和家庭未来规划。前者，我们称之为原生家庭，后者，我们称之为再生家庭。

相信大部分读者对原生家庭的话题都不会感到陌生。因为长久以来，无论是在影视剧里，还是在小说当中，有关原生家庭的讨论都是相当激烈的。在热播剧《欢乐颂》里，主人公樊胜美就有一句台词直戳原生家庭的痛点，她说："一个人的家庭，就是一个人的宿命。"

的确，一个人在原生家庭里面获得的感受和习惯，会延续到我们之后的人生当中，对一个人的性格、行为和心理起着决定性的作用，并且会产生长期的、深远的影响。比如说，一个人性格温和，那么他的原生家庭也一定维持着温馨和睦的氛围，而一个缺乏安全感的人，他在原生家庭里面，很有可能没有得到足够的爱和关心。

原生家庭就像一面镜子一样，反照着一个人的过去和现在。

你的原生家庭，就藏在你的婚姻里面

之南是我曾经的一位咨询者，结婚九年，和老公育有两子。在外人看来，之南的婚姻是平静的，老公在外赚钱养家，之南在家照料孩子，人们习惯于把这类没有太大波澜起伏的婚姻称为"安稳的婚姻"。若不是身处其中，之南也许还会发自内心地羡慕，但只有局内人才懂，安稳的日子也会下雨，只是外人看不到，淋湿的只有自己。

按说夫妻分工明确的婚姻，一切都该越来越好，但是之南却越来越不快乐，之南把这一切都归因为：两人缺乏交流。之南的老公性子寡淡，对谁都没有很强的分享欲。婚前之南以为，也许是两人不够亲密，结了婚就好了，毕竟这个男人除了不爱沟通，对自己各方面都还蛮好。婚后，之南尝试改变现状，她带着老公旅行、看电影，引导老公多多分享，可老公依旧是开不了窍的木头，于是之南心想：罢了，也许生了小孩就好了，毕竟孩子最能治愈父母。后面事情的走向，我想大家都能猜到了，即便是之南生了两个可爱的孩子，老公依然沉默如冰。

之南急了，但她不知从何追溯，毕竟老公也没有做什么罪大恶极的事，他履行着对这个家的责任，每个月给之南打足够的生活费，下班回到家也会逗逗小孩（虽然每次都只有短暂的几分钟）。除此之外，之南觉得自己和老公是陌生的，他们在这个家里，几乎不会交流情感方面的事情，而是各自做着自己的事情，像极了同居但不熟的室友，偶尔之南觉得寂寞，想从老公那里得到再多一点的爱和温暖，结果总是令人失望。

起初几年，之南一直以为这是夫妻二人之间的问题，后来才明白，这是两个家庭之间的问题。之南出生于一个温馨的家庭，父亲极爱分享，每每茶余饭后，一家人总会围在一起展开家庭对话，有说有笑，这样的家庭场景深深地烙印在之南心中，并在不知不觉间对之南产生了一种引导——所有的家庭都应如此相处。而老公的原生家庭比较淡漠，父母平日里交流不多，父亲喜欢象棋，母亲喜欢打牌，之南的老公回到家，经常是无人应答的状态——父母都寻找各自的好友玩乐去了，下棋的下棋，打牌的打牌，偌大的家里，三个人各自独立，所以之南的老公不是很注重家庭交流，这是原生家庭灌输给他的认知。在之南老公看来，家庭不需要过多的交流，大家管好自己的生活就行。所以他并不理解之南的需求，他只是把自己原生家庭的相处模式复制到了自己的家庭。

我在一开始就跟大家分享了这么一个观点：原生家庭是一面镜子，你的原生家庭是什么样，你的婚姻就是什么样。现实生活中，90% 及以上的人对婚姻都是没有什么经验的（除了二婚的，当然有些人即使二婚也还是不懂婚姻），并且这个世界上没有任何一所学校会教你怎么经营婚姻，所以大家对婚姻最原始的认知都来自自己的家庭，甚至会模仿父母经营婚姻的动作。

所以大家也可以这样理解，原生家庭就是你们的婚姻启蒙学校，幸福的家庭培育优等生，不幸的家庭培育出来的学生各有缺点。有些学生试着努力克服，而有些学生则一辈子都学不会如何去爱。

让过去过去，让未来到来

近几年，随着原生家庭讨论热度的上升，有些人会走向一个极端，他们习惯性地把自己的问题归咎于"都是原生家庭的错"。

　　那些不相信爱情的人，大声地谈论着自己的原生家庭有多么悲惨，父母有多么可恶；那些在婚姻里习惯了使用暴力去解决问题的人，反复地强调着，这是自己从小耳濡目染的结果；更有一群人，创建了原生家庭创伤小组，每天都在群里抱怨："要不是我的父母怎样怎样，我也不会怎样怎样！"

　　我们不能否认，原生家庭会对一个人的认知、行为和习惯产生长远的影响，但这种影响不是无法抹除的。发展心理学上有一种"生态系统理论"，即对一个人来说，原生家庭是对他影响最大的几个子系统之一，但不是唯一的系统，其他较大的系统还有学校、社会等。

　　当我们把自身的所有缺陷，包括性格缺陷、情感缺陷、行为缺陷全部甩锅给父母的时候，实际上对父母而言是不公平的，毕竟人无完人，没有谁可以保证自己在孩子面前始终完美、不犯错。

　　如果你觉得自己的原生家庭不幸福，那么治愈自己最好的办法，不是使劲发泄，也不是把自己的痛苦转嫁给身边的人，而是创建一个属于自己的幸福的家庭，用爱治愈伤痛，用未来覆盖过去。我说的这句话并不是一碗无用的鸡汤，临床心理学家梅格·杰伊也提出过类似的观点。他说走出童年创伤最好的方法就是：建立新的亲密关系，从中获得爱，继而"重启"生活。

　　所以在这里，我希望我的读者们都能学会理性地审视自己的原生家庭。比如说，你可以写下来，你痛恨自己原生家庭的哪一点，你认为自己的原生家庭存在怎样的缺陷，还有，你希望自己的再生家庭是什么样的，你要怎样才能改变……当你学会理性地看待曾经发生的一切，并且下定决心不再重蹈覆辙的时候，你才有可能摆脱原生家庭的阴影。

　　有一句老话说："三十岁前看家庭，三十岁后看自己。"对无法选择的，我们只能接受；对还未发生的，我们完全有能力掌控。

　　未来是一条很漫长的道路，在这条道路上，你会遇见许多积极的人，不出意外的话，他们之中的某一个，还会无比幸运地成为你的伴侣。当他来到你身边的时候，你要做的，不是拉着他一起经历你在原生家庭中经历过的痛苦和不堪，而是勇敢地跑出原生家庭的阴影，与他一起向着有光的地方狂奔，一起敲开再生家庭的大门，与幸福撞个满怀。

多少婚姻：互相嫌弃，又不离不弃

这么多年在公司，我一有空就会去茶水间坐坐，公司的茶水间很大，足以容纳十余人，公司的同事工作累了，都喜欢来这里喝喝茶，放松一下。不过话说回来，大家应该都知道，茶水间是一家公司闲话最多的地方，尤其是女同事们聚在一起，最喜欢聊家常。我经常在茶水间里听到女生们"吐槽"自己的老公，谁谁家老公最近又胖了几斤，谁谁家老公最近又有哪些奇葩行为，话里话外满是"嫌弃"，不由得让我惊讶，老公们真的有那么讨人嫌吗？带着这个问题，我联想到前段时间发生的一件小事。

十月下旬的深圳，天气多变，气温不定，有不少人已经从短袖过渡成了卫衣，但也有体质好一些的，依然每天穿着短袖上班。一日去茶水间倒水，正巧碰到一群女同事在泡咖啡，她们有礼貌地向我问好，我注意到其中一位居然已经穿上了厚重的毛衣，属实是有些不合季节，我便打趣地问道："你这是提前入冬了吗？"

女同事不好意思地笑笑，随即把槽点转移给了自己的老公："还不是我家那位，出门前非得给我套上这么厚的毛衣，害我被大家说了一天。真的是有一种冷，叫你老公觉得你冷，是不是很烦人？"

还没等我接话，旁边便有人附和道："我家那位也是，烦得要死，要不我俩把他们一起打包送走得了！"

女同事说："那可不行，烦归烦，我们这个家可不能少了他。"

从她们的谈话中，我突然意识到，女人们对老公的"嫌弃"，并不是真的嫌弃这个人，而是爱的另一种表达：即使你不合我心意，我也愿意与你不离不弃。况且，生活中没有一段婚姻是从头笑到尾的，有笑有泪，有骂有哄，这才是婚姻最真实的模样。

真实的婚姻，多少都有点嫌弃

朋友曾经跟我说过一个观点，我很赞同。他说：有许多人进入婚姻之后，总嚷嚷着婚姻不好，每隔几天就会冒出"我要离开对方"的想法，但实际上很少会有人真的离开，因为他们吐槽归吐槽，可一想到自己真的要失去对方，他们内心的痛苦是大于释然的。

朋友的舅舅和舅妈就是这种相处状态。两位老人家平日里总喜欢絮叨对方，老头子嫌老太太懒，花钱小气，脾气不好，老太太数落起老头子来也是毫不留情，甚至连老头子爱放屁、脚臭这些比较私密的事情，都要拿出来在邻居面前大肆批评一番，两人谁也不给谁台阶下，一犟就是四十年。

后来，老头子身体状况每况愈下，隔三岔五就要去医院住着，老太太一边嫌弃对方身体素质不行，一边拄着拐杖每日陪同。儿女舍不得两位老人同时受罪，提议老太太在家待着就行，其余时间，就由小辈接送老头子。

可老太太死活也不同意，她说："我都骂了老头子一辈子了，这会儿我要是再不抓紧时间骂他，万一他比我先走了怎么办？"

老太太话语之间吐露出来的依旧是满满的嫌弃，可旁人听出了背后的爱意，老太太这是舍不得老头子了。虽然他们常常嫌弃彼此，但实际上又离不开彼此，就像一双筷子一样，平日里你拿它吃饭没有什么感觉，可当你失去了其中一支筷子，你才会明白生活有多不方便。两个人在一起，嫌弃是真的，但习惯也是真的，吵架是真的，但温柔也是真的。

我之前在网上看到一个故事，有人问一位大爷："什么是夫妻？"

大爷的回答迅速在网上爆火，他说："不吵架的时候，我可以为她去死。吵架的时候，我觉得该死的是她。吵完以后又觉得，她死了我怎么办？"

这个回答道出了无数婚姻的真实现状，一边互相嫌弃，一边又不离不弃。其实很多家庭都是如此，夫妻双方没有像书里写的那样相敬如宾，而是多多少少都会有些嫌弃，但这些都不影响他们继续生活，因为宁愿跟他互相拌嘴一辈子，也不能忍受片刻没有他的日子。而且你们有没有发现，自己的伴侣只能自己嫌弃，要是旁人说了什么有关他的不中听的话，你一定会跳出来维护自己的伴侣，这其实就是爱的一种条件反射。

好的婚姻，吵不散，离不开

作为婚恋行业的领军者，我经常被问到一个问题：怎么定义一段婚姻是好还是坏？其实好的婚姻没有一个标准的定义，只要身处其中的你觉得幸福就行，而且婚姻不能只看表面，还要看内核，包括两个人的感情深度、包容力和忍耐力等等。

我举个例子，一对从来不吵架的夫妻，你们觉得他们的婚姻一定好吗？也许两个人已经到了连开口沟通都觉得费力的阶段，他们不是不吵，而是连话都懒得说了。而一对经常吵架的夫妻，你们觉得他们的婚姻就一定坏吗？也许两个人把话都摊开来说，情绪发泄了，问题解决了，感情反而会更好。所以，婚姻的好与坏从来都无法定义，风平浪静不一定好，惊涛骇浪也不一定坏，关键在于，两个人是否熬得住风霜，经得起时间的考验。

有一幅漫画很有意思，画的是一对老夫妻相互怄气，两人各坐长椅一端，后来天上下雨了，丈夫依然紧皱眉头，嘴巴微噘，明显还没有消气，但是他不由自主地撑开伞，为妻子挡起了雨。

明明让我生气的人是你，心里却舍不得你受半点委屈，这就是爱。即使我们吵了一百次，你次次态度嚣张，但我始终愿意为你低下头颅，与你和好。可能有些人会碍于面子，两人吵着吵着就散了，说到底也不是什么面子的问题，就是不够"害怕"——你不够害怕失去对方，你就会真的失去对方。所以，我经常跟我的会员说，在婚姻里面有争吵是很正常的事，你看对方不顺眼、嫌弃对方也是很正常的事，但是每次和对方吵完，你都要问问自己："我真的想跟对方分开吗？我真的可以接受没有对方的生活吗？"然后想象一下，如果没有了对方，你的生活会是什么样子的，如果你会觉得心酸、难受、舍不得，说明你们两个依然可以幸福地过下去，因为你们的心中还有爱——只要婚姻里面充满了爱，你们就可以继续接受生活的历练。

我们有时候遇到一些人，你觉得这个人浑身都是缺点，是自己怎么着都看不上的那种类型。但有一句话说了，萝卜青菜，各有所爱。说不定这样的人，也有一个非常深爱他的伴侣，他的伴侣，一边像你一样嫌弃着他，一边又无比坚定地爱着他，像极了这句话说的："即使你的缺点跟星星一样多，优点像太阳一样少，可是太阳一出来，星星就消失了。"

请相信，婚姻绝非易碎的玻璃制品，它是有韧性的，拉不断，吵不散，离不开，这才是婚姻的真谛。

Chapter **3**

爱的大作战

无论和谁结婚，爱情一旦进入婚姻，就注定要在柴米油盐的世俗尘烟里不停过招，学会经营婚姻、欣赏对方，才是婚姻的真谛。

我才是一家之主

　　有人形容婚姻中的夫妻，理应像平衡木一样，不论周围的环境如何变换，承载的物件是重是轻，都能始终维稳。但事实上，在任何一段关系中，无论是爱情还是婚姻，都不存在绝对的平衡。婚姻中的夫妻关系，更像是跷跷板，一方强势，必定有一方需要示弱，只有两个人相互制衡，才能维持婚姻的稳定。可惜的是，很多人不懂跷跷板的平衡原理，他们在婚姻中，总是处于失衡的状态，这种失衡是：一方长期占据主导地位，而另一方长期被迫接受，没有话语权，这样的婚姻是注定走不长远的。

　　我曾接手过这样一个案例：绿子和老公陈楠结婚之后，两人育有一对可爱的双胞胎。为了能更好地经营家庭，两人便做了明确分工，绿子辞去工作在家相夫教子，陈楠则负责在外赚钱养家。绿子做全职妈妈的两年内没有一点收入，全靠陈楠每月给的生活费过日子，在家几乎没有什么话语权。

　　而陈楠呢，在一家公司当个小领导，平常管人管习惯了，每天回到家都是一副大爷的模样，等着绿子伺候他吃饭，吃完就躺在沙发上玩手机、看电视，家里的酱油瓶倒了他都懒得扶一下，偶尔进厨房也只是为了从冰箱里面拿啤酒，活脱脱一个甩手掌柜，只会动动嘴皮子，家里永远都是绿子的身影在忙碌。

有一次，绿子的朋友开了一家瑜伽馆，想让绿子入股一起干，谁知陈楠听说以后，直接给绿子泼了一盆冷水："你哪里是做生意的料，要是真的赚钱，人家还能找你入股？这么大的人了，做事也不长长脑子。"绿子一时语塞，只得灰溜溜地去带孩子。对绿子来说，这样的婚姻虽然让自己很委屈，但起码在物质上可以满足自己的需求。两人多年的相处模式，就像温水煮青蛙一样，让绿子渐渐地习惯了。绿子本以为自己的忍耐和付出，会让陈楠有一丝心疼和感动，没想到最后却换来了陈楠的出轨。

很多像绿子这样的全职主妇找我咨询婚姻问题，她们都有一些共同的特征，比如，都有一个事业有成的丈夫，生活条件也非常优渥，这让她们不必为了生活发愁，享受着丈夫们所谓的关爱（其实就是男尊女卑的生活），殊不知她们自己在这场婚姻的角逐中，早已完完全全落了下风，一旦对方出轨，自己将毫无反抗的余力。

很多女人结了婚，便一门心思回归家庭，把婚姻当成海底世界，一头扎进去，连冒出头呼吸新鲜空气的精力都没有，最后逐渐失去自我，从婚姻的主体沦为附属品。

经济基础决定家庭地位吗

在很多婚姻家庭里，夫妻地位的分辨，完全依据其经济收入，似乎意味着谁赚的钱多，谁就能占据家庭高位。

这种分辨方式对女性（尤其是全职妈妈而言）十分不公平。男性对家庭的贡献，往往显而易见，毕竟整个家庭的大部分开支都依赖于男性，比如房子、车子、孩子的教育开支、家庭的伙食费用等。人们常常称赞男人了不起，是因为他们从经济层面，给了一个家庭巨大的支撑。相比之下，女性对家庭的贡献，却时常被人们忽略，她们照顾丈夫的起居饮食，管理孩子的作息教育，操劳家庭的琐碎家务，这些贡献常常因为没有实际的经济价值，而鲜少被人们认可与夸赞。即使女人付出得再多，也只会得到一句："还不是因为男人在外赚钱养家，你才可以安心在家没有后顾之忧。"

这种固有的偏见在无形之中削弱了女性对家庭的贡献，实际上，女性在工作上做出的取舍（如绿子一样为了家庭而放弃工作的例子），在家庭上投入的时间和精力，这些相加在一起的价值，是无法用金钱来计算的。不要说什么男人努力赚钱，女人才能安心生活这种话，夫妻双方的付出都是相互的，反过来也可以说，正是因为女人为男人照料好了家庭，男人才能没有后顾之忧地去赚钱。

有一句话说："经济基础决定上层建筑。"很多人对这句话有些误解，认为这个建筑放在婚姻里面指的就是家庭地位，实际上它指的是一个人对家庭的贡献值。不过大家需要明白的是，一个家庭的稳定与幸福，并不在于强者做出了多大贡献，而在于弱者做出了多大牺牲。这就很像我们之前所说的木桶定律，一个木桶能装多少水，不取决于最长的那根木板，而取决于最短的那根木板。所以，夫妻二人中的任何一人，都不要因为自己的赚钱能力强，就下意识地觉得自己的家庭地位高，对方就必须要依附自己。谈到贡献值，男人贡献实际的经济价值，女人贡献隐形的经济价值，两者之间根本就没有所谓的高低之分。

再说了，婚姻不是一场经济的较量，而是彼此价值的认同，只有彼此价值都得到对方最大程度的认同，才有可能让婚姻更加长久地进行下去。

到底什么才是真正的一家之主

很多人都错误地以为，一家之主就是在家什么都不干，凡事只需要动动嘴皮子就行。但真正的一家之主，其实意味着更多的责任与担当。

一家之主这个角色，好比一个家庭的明灯，不仅要具备责任心和行动力，还要具备规划整个家庭未来的能力，这个规划包括家庭规划、人生规划以及子女教育规划。例如，在家庭规划上：是否要换更大的房子，是否要买更好的车；在人生规划上：是否要进修，如何制定未来的事业目标；最后在子女教育规划上：如何选择教育资源，如何更好地教育孩子。与家人达成共识后，再进行具体的分工。一家之主更是整个家庭的主心骨，为了让家庭成员有向心力，他需要有勇有谋，有智有识，沉稳且务实，一旦遇到问题，必须要尽快做出决断，为家人遮风挡雨，让家人觉得有了他，便有了依靠和心安。具备了以上特点，才可以称作真正意义上的一家之主。

三毛曾经说过："从容不迫的举止，比起咄咄逼人的态度，更能令人心折。"一家之主不是高高在上、吆五喝六的存在，而是随时能够为家人遮风挡雨，不浮躁不浮夸，淡然处世之人。

在我看来，家庭里面没有绝对的领导者，不能一个人占据所有的话语权和决定权，万事有商有量，大家各自负责自己擅长的部分，才能家业兴旺。一段好的婚姻应该是，和一个知冷知热的爱人，共同筑建一个遮风挡雨的爱巢，然后过着油盐酱醋茶的烟火日子，而不是靠打压对方，或是压抑自己，勉强度日。人生而平等，更何况婚姻中的最亲密的夫妻呢？

别点外卖了，我儿子肠胃不好

都说家家有本难念的经，婆媳关系可算是这本经书里，最难念的一章。之所以难念，是因为在这一章里，要把两个毫无血缘关系的女人，为同一个男人而硬生生地捆绑在一起，一边是亲情，一边是爱情，自然也就产生了情感上的竞争。虽说婆媳之间，女人何苦为难女人，可正因为都是女人，注定她们之间有着很多共同点，例如敏感、猜疑、计较，这些特点导致了同性间的相处更容易出现矛盾。

一定会有人反驳我说，身边婆媳相处融洽、其乐融融的案例也不在少数啊。可遇到一个好婆婆，就如同遇到好工作一样难，更多的还是"剪不断，理还乱"的婆媳关系。婆媳之间的矛盾，总是在生活的点滴中，像绿苔一样，悄无声息地滋长。

梁韵的婆婆1956年出生，十四岁的时候母亲就去世了，家中兄弟姐妹一共七人，梁韵的婆婆排行老大，母亲去世那年最小的妹妹才两岁半，自此排行老大的婆婆不得不当起了全家的"妈"，整个中学时代可以用"放下书包就扎起围裙"来形容。因为从小就是家中的顶梁柱，梁韵的婆婆性格强势，家里大大小小的事情，全部由她一人操办，公公就像提线木偶一样，婆婆让他往东走，他绝不敢向西瞧一眼。

梁韵刚嫁到这个家的时候，并不讨厌婆婆，甚至觉得她是一个极好的人，善良、勤劳、节俭……婆婆和公公都没什么文化，却培养儿子陈海洋读了国家重点大学。小两口刚结婚要买房的时候，婆婆毫不犹豫地掏出了全部积蓄十五万。可这一切在梁韵怀孕后发生了巨大的变化。

婆婆得知梁韵怀孕的消息，在没通知小两口的情况下，便大包小包地带着行李来梁韵家安营扎寨了。她一来，便包揽了家里的全部家务。吃完饭梁韵叫陈海洋去刷碗，婆婆一把将他按在沙发上，自己麻利地去了厨房；洗衣机的衣服洗好了，陈海洋还没等起身，婆婆已经把衣服晾好了；陈海洋躺在沙发上打游戏，梁韵叫他去给自己洗点水果，婆婆抢着就去了；梁韵想点外卖解解馋，婆婆却说自己儿子肠胃不好，如果点的话不要带上她儿子那一份。梁韵让婆婆休息，她却满不在乎地说："我儿子上班那么辛苦，他最应该好好休息，我闲着也是闲着，多干点没事的。"最让梁韵恼火的是，陈海洋竟在一旁不住地点头。

梁韵向我哭诉，刚让丈夫陈海洋养成帮自己分担家务的习惯，可自从婆婆来了以后一切打回原形，他又成了甩手掌柜。虽说婆婆是个好人，甚至还很无私，可就是这样的"好婆婆"对她这个小家的杀伤力一点也不小。如果说婆婆刁蛮不讲理，梁韵大可理直气壮地将其赶出自己的家，可婆婆并不坏，埋怨多了只会显得自己不知好歹，不近人情。都说恶婆婆才是婚姻的天敌，可往往就是人人口中的"好婆婆"，更能伤婚姻于无形。

有数据显示，在中国离婚家庭中，有近半数的夫妻离异是由婆媳关系造成的。很多婆婆没有意识到自己的儿子已经长大成人，有独立能力承担起一个家庭了，于是打着为小两口好的旗号，掺和到自己儿子的生活中，以爱为名，行控制之实，不但没让儿子过得更好，反而越搅和越乱。其实婆媳关系处得好不好，最终考验的还是媳妇的情商。然而有些女人本末倒置，把全部精力都用到了婆婆身上，恨不得一天二十四小时都盯着婆婆，最终导致婆媳二人彼此埋怨、彼此挑错。

古有婆婆棒打鸳鸯逼儿休妻，今有儿媳逼问自己和婆婆掉河里先救谁——都说家和万事兴，家中这两个女人不能和睦共存，导致很多家庭分崩瓦解。到底应该如何处理婆媳关系呢？

最简单的做法就是，将"婆媳关系"变为"没关系"。情感导师涂磊说过："婆媳之间的相处之道，是视如己出的关爱，相敬如宾的对待。"什么叫视如己出呢？就是说要将心比心，自己的妈是妈，别人的妈也是妈，自己的女儿是女儿，别人的女儿也是女儿。相敬如宾是指，儿媳再亲也不如家里人，不可能像自己的亲生女儿那样亲密。

婆媳问题难解决，就是由中国传统文化中"婆媳如母女"的错误定位而导致的。你试想一下，毫无血缘关系，也没办法产生男女之情，甚至还存在一些利益冲突的两个人，被硬生生地定位在最亲密的关系上，这种自欺欺人的"母女"关系，只会让双方在心里给对方设立更高的标准要求，以及不合理的期待。很多女人单纯地以为给婆婆敬了茶，叫了一声妈，进了婆家门以后就真的变成了婆婆的女儿，希望婆婆可以像亲妈一样对待自己。她们不理解为什么自己晚起了一会儿，婆婆就给自己摆脸色，为什么一句不恰当的玩笑，竟会惹得婆婆大发雷霆。说好的把自己当亲闺女，怎么转脸就变了？

"让婆媳像母女一样相处"的愿望自然是美好的，但在现实面前不得不低头，婆婆永远不是妈，儿媳也永远不是女儿，双方摆正自己的位置，把握好分寸，很多矛盾自然也就迎刃而解了。就像《我们俩的婚姻》里说的："婆媳本来就是婚姻的副产品，两个人只有利害关系，没有直接关系。"婚姻里的女人一定要清楚，婆婆永远不是妈，不要对对方抱有太多期待，自然也就不会有过多失望。你要做的就是，保持礼貌和友善，坚守自己的原则和底线，剩下的事情，就交给老公去处理吧。

婆媳矛盾看似是两个女人之间的矛盾，但实际上是婆婆、儿子和儿媳三个人之间的问题。男人是这段三角关系中的重要纽带，他既是关系的连接者，也是问题的制造者。婆婆与儿子间有天然的血脉联系，儿子与儿媳间有爱情联系，但婆婆与儿媳间没有天然的联系，所以一旦两个女人之间出现了问题，就很容易陷入一种惯性，就是把丈夫或者儿子拉进来。此时作为关系焦点的男人，在这段三角关系中起着尤为重要的作用。

儿子这时候应该把握好为人子、为人夫的角色，能够对不合理的家事说"不"，而不是充当老好人，置身事外，任由两个女人去解决。很多男人以为自己不表态，就不会伤害到谁，但这种做法反而会让婆媳矛盾加重。男人处理婆媳矛盾时，一定要会说话，不懂得说话的男人，只会让老婆分分钟爆炸，让老娘分分钟气炸。男人应该在两边学会说好话，让所有的牢骚在他那里自动停止。

其实说到底，婆媳矛盾的本质就是夫妻矛盾。一个小姑娘只身来到婆家，被动地与婆家各种人相处，想要过得幸福需要有强大的能力、高超的情商，但实际上最最重要的，还是来自丈夫的理解、支持、信任、尊重以及爱。

生活从来都不是完美的，大多数人都是第一次做婆婆，第一次当儿媳，彼此应多些理解，多留点距离，保持一定的界限感。两代人要做粒粒分明的米粒，而不是熬成一锅粥——当粥熬好了，家也就散了。婆媳问题虽说不容易解决，但多花点小心思，婆媳相处说不定就柳暗花明了。

老婆，这事我得先问问我妈

老话说得好："娶妻不娶扶弟魔，嫁汉不嫁妈宝男。"我想大家对"妈宝男"这个词并不陌生，尤其是对女性同胞来说，可能要恨得牙痒痒。即使自己没有亲身经历过，但从网络媒体或者身边人的案例中，就足以见识到妈宝男的"威力"。妈宝男看上去是个成年男性，有成熟的情感需求以及性需求，但他们没有独立的自主意识，完全就是个没断奶的大男孩，在心理学上，这就叫作"没有自我"。妈宝男就像慢性病，逐渐渗入你的婚姻，一旦病症爆发，你会发现你所要面对的不仅仅是他一个人，还有他背后一整个关系网。除非你是哪吒，有三头六臂，否则根本无力回天。

陈芳和建斌是在大学里相识的，两人情投意合，但婚后战火不断，一切问题的根源都来自他们婚姻里的"第三者"，这个"第三者"不是别人，而是陈芳的婆婆。陈芳的婆婆年轻时也算是个厉害人物，靠承包村里的解放汽车跑运输发家，那时刚开始有市场经济，根本没有人敢承包，就这样建斌家里成了全村唯一的万元户。陈芳的公公老实本分，性格软弱，家里大小事全靠婆婆一人张罗。这也导致建斌结婚后能说出"我爸妈以前就是这样，我爸什么都不做，我就羡慕我爸"这样的话。

婚后一年多，建斌还是把自己固定在原来的家庭里，对自己这个小家庭的观念十分淡薄。他每天还是要跟母亲汇报去了哪里，见了哪些人，甚至每天吃了什么都拍照给他母亲发过去。如果营养搭配不合理的话，陈芳也少不了被一顿批评。

陈芳像保姆一样伺候建斌的生活起居，而他却心安理得地接受这一切。在这个家里，陈芳完全没有话语权，建斌根本不敢忤逆他的母亲，表面上母慈子孝，其实就是他已经习惯讨好他母亲了，还想拉着陈芳跟他一起讨好。最让陈芳心寒的是，自己和婆婆发生矛盾的时候，建斌根本意识不到自己是个丈夫，也意识不到家庭关系中夫妻关系才是首位的，他就像个局外人一样，静静地看着这一切发生，最后只会站在他母亲那边，丢下一句"一切都听我妈的"。

很多人对妈宝男的形成都会存在一个错误的认知，那就是"妈宝男都是被惯出来的"，但其实并没有这么简单，它在一定程度上，呈现出了一个原生家庭的状况——要么是有一个缺位的父亲，要么就是母亲极度缺乏安全感。

我在上面所说的案例，就是典型的第一种原因。在建斌的家庭关系中，母亲极度强势，导致父亲在家庭关系中主动退位。

正常的家庭关系应该是由父亲、母亲、孩子这三种角色共同组成一个稳固的三角形。但父亲的缺位，导致孩子不得不替代父亲的角色，又因为每个人的天性不同，不同的人在这段不健康的家庭关系中，也会衍生出不同的人格。有的人出于保护母亲的天性，让自己从小就变成了一个比同龄人更加有责任感、有担当的小男子汉。也有的人变成了妈宝男，一是因为他们在这段家庭关系中，看不到父亲的阳刚和担当，没有学会从男性的角度思考问题，从而性格软弱，不敢忤逆自己的母亲，事事都由母亲说了算；二是一旦他们反抗，母亲就会觉得自己不再被需要了，为了满足母亲的内心需求，他们只能妥协，不敢独立或者说不敢长大，久而久之就养成了事事依赖母亲的惰性。这种人是悲哀的，也是最可怜的。

还有第二种原因，就是母亲极度缺乏安全感。这类母亲最害怕的就是孩子长大，因为一旦孩子长大了、独立了，就意味着他要离开自己了。在这类母亲的心中，她们把儿子当作自己生活的重心，与儿子之间始终处于一种相互依存的状态。所以当儿子有了自己的爱人之后，她们就会觉得儿子对她们的一部分爱被另一个女人剥夺了，这个时候母亲是极度缺乏安全感的，人一旦缺乏安全感，就想赶紧抓住一根救命稻草，那么儿子就成了她们唯一的希望。至此，你会发现她们的控制欲更加强烈了，表面上是对儿子无微不至的照顾，但实际上她们只是在操控对方，在给自己圈领域，暗暗地和另一个女人较劲罢了。

虽然很多女性都发誓，这辈子绝对不和妈宝男搅和在一起，但妈宝男身上有一个对绝大多数缺乏安全感的女性来说致命的优点，那就是"言听计从"。尤其在恋爱期间，他们很少会表现出反抗，对对方提出的要求都会绝对支持，这让那些缺乏爱的女性感到非常美好。虽然内心上极其痛恨妈宝男，但又难以割舍他们的顺从——很多女性会被这些美好的假象所蒙蔽，最后发现真相时已经后悔莫及。所以，为了避免伤害，一定要远离妈宝男。那么如何在恋爱初期就能识别出对方是不是妈宝男呢？

首先，妈宝男通常都与母亲有着过深的感情。男性成年后，与母亲之间的关系通常是平等且平衡的，他们对母亲的感情里包含着爱、孝顺与尊重，随着年龄的增长，他们与母亲间会刻意地保持适当的肢体接触。然而对妈宝男来说，他们在潜意识里认为自己还处于幼年时期，与母亲之间的互动还停留在儿时，肢体接触时没有足够的边界感。你会发现很多妈宝男即使已经成家立业，但在跟母亲的互动中还是会有抚摸、拥抱以及语气幼童化的表现。

其次，妈宝男没有主见和担当。绝大多数妈宝男的背后都有一个说一不二的母亲，这样性格的母亲会导致孩子性格软弱、缺乏主见。他们很难违背母亲的意见，哪怕是自己喜欢的，只要母亲提出反对，他们就会不由自主地去执行那个与自己意志相违的命令。这样的男人只有成年人的年纪，却没有成年人的思想以及明辨是非的能力——男人是一个家庭的顶梁柱，不论什么原因，都要有自己的主见和想法。如果你遇见一个事事都需要跟他母亲商量、心智不够成熟的男人，劝你赶紧远离，不要散发你那伟大的母性光辉，觉得这样的男人可以通过你的教导有所改变，记住"江山易改，本性难移"，你找的是老公，而不是儿子。

最后，妈宝男事事都喜欢跟母亲倾诉。对新婚夫妇来说，步入婚姻就仿佛到了新的战场，再相爱的两个人都要经历一段磨合期。但妈宝男却将战场上发生的事情，事无巨细地全部讲给母亲听。例如婚后对方不愿意刷碗、睡觉喜欢抢被子，哪怕自己是否要换工作、要不要选择创业等，什么事情都要一一汇报，征求意见，在你们的婚姻里，没有所谓的隐私。但妈宝男不知道的是，你们的爱情就是在他母亲的"围观"中被消耗殆尽的。

你与婆婆发生矛盾时，千万别指望妈宝男能为你出头，因为他首先是个妈宝，然后才是个男人。如果结婚前发现对方是个妈宝男，劝你早早脱身，因为他的一句"我妈说……"仿佛一句咒语，轻则让你头昏脑涨，重则让你苦不堪言。

　　但如果你已经步入婚姻才发现对方是个妈宝男，那么在这段婚姻中，你的段位也决定了你在婚姻中的地位。如果你是个依人小鸟，没有主见的话，你在这段婚姻中将会非常被动以及痛苦，离开才是最好的选择；如果你的段位足够高，那么你在这段婚姻中也会变得更加独立，是否活出自己喜欢的样子，是去是留，最终还要你自己定夺。

　　最后还想对天下所有母亲说一句话："过自己想要的生活不是自私，要求别人按自己的意愿生活才是。母爱，是一场得体的退出，无界限的母爱只会影响孩子的幸福。"

为什么你爸生日送一千，我爸生日送五百

　　收到一位女会员的邮件，她一再强调自己的问题很紧急，需要快速得到我的回复。

　　对这种急邮，我一向不敢怠慢。于是在下班回家的路上，我一边经历堵车，一边读完了这封邮件。在得到当事人允许的前提下，我把她的故事分享给大家。

　　米末（化名）跟老公结婚十年，两人最近正闹着离婚，更准确一点来说，是米末单方面的闹离婚，理由是老公太过偏心。米末说，两人在深圳有一套六十平方米的房子，两室一厅，刚好住得下他们和女儿。偶尔双方父母会来探亲，每当这个时候，老公都会安排米末的父母出去住酒店，他嘴上说的是："住酒店宽敞，两位老人家不必跟我们挤地方。"可在米末看来，老公的这个举动明显就是排外，没把她的父母当家人。

　　米末在邮件里愤愤不平地跟我抱怨："每次我父母来深圳，都要去外边住，他父母来深圳，再挤都要把房间腾出来，这事搁谁身上不硌硬啊？都说结婚后，两家人变一家人，我们这倒好，直接划拉成了三家人，还要搞区别对待，实在是受不了了！"

为此，米未老公也有自己的说辞："这房子的首付都是我爸妈出的，两个老人家辛苦了大半辈子，好不容易攒下一些养老钱，都拿来给我们买房了，我总不能忘恩负义，逼着他们去外边住吧，况且老人家对居住要求不高，挤点就挤点。但是你爸妈不一样了，我是真心实意希望他们来深圳期间，能够住得舒服一点，这酒店每次订的都是最好的，我愿意花这个钱，难道对他们还不好吗？"

两人各执一词，米未觉得老公偏心，老公觉得米未敏感，彼此心里都留下了疙瘩。

夫妻矛盾再一次升级，是米未的父亲过生日，老公给老丈人发了一个五百元的红包。本来米未没把这事放心上，认为过生日意思意思就行，给多给少无所谓。直到米未翻看老公的转账记录，才发现公公过生日那天，老公竟发了一个一千元的红包。这下米未心里不平衡了，凭什么你爸生日送一千，我爸生日送五百，这不明显我家里人低你们一等吗？

一场夫妻间的大战就此拉开帷幕。米未言语尖锐地指责伴侣自私、偏心，没把自己的娘家人当亲人，老公也忍无可忍，无意间就吐露了自己的心声："可是你要我怎样？那可是我爸，他养大我不容易，我多给他一点怎么了？"

你看，丈夫的一句话，直接揭露了婚姻当中很残酷的一个真相：不管我们怎么去平衡婚姻里面的家庭关系，但是从内心出发，我们对自己的原生家庭，情感浓度就是会更高一点。这是藏在人性里面的"自私"，遇到好事总想着先分给自家人，即使我们强调婚姻是两家人的结合，男女双方也很难真的把对方的父母当作亲生父母般对待。

米未的故事很典型。我拿出来跟大家分享，是希望帮助大家厘清婚姻当中很重要的一个问题：婚后我们该以哪个家庭为重？

大部分夫妻认为婚姻的理想状态，当然是小家、大家一视同仁。可是扪心自问，一个是跟自己有血缘关系、从小长大的家，一个是跟伴侣产生情感连接之后中途融入的家，无论是从情感层面，还是从时间层面来说，普通人的选择都更倾向于前者，这并不涉及对错。因此，在成家之后，假设伴侣更偏心自己的家庭，并不意味着伴侣做了什么天大的错事，而是出于本能的反应。

我举个例子，假如你们现在获得了一次去外太空旅行的机会，出发前可以携带任意一方父母（注意：不可再额外购买名额），这时你心里肯定盘算着，带自己的父母出去开开眼界，好巧不巧的是，你的伴侣也是这么想的，你们能说彼此的想法不对吗？如果连自己都没有办法做到公平对待的事，就不要要求对方大方一点、无私一点，这不现实。

由此，我们在婚姻里面要记住一个原则，叫作"允许适度偏心"，不要期待你的伴侣能够在两个家庭之间做出完全公平的选择。对女人来说，周围一定有人跟你说过这样的话："婆家再好，也不要把它当家。"对男人来说，岳父家亦是如此。婚姻，看似把两家人连到了一起，但从本质上来看，这种家庭关系仍然存在着陌生的元素。比如说，我们在自己父母面前，可以毫无保留地释放本性，邋遢一点、任性一点、懒惰一点都没关系，可是在伴侣父母面前，我们会尽力维持自己美好的一面，多多少少会带着一些客气和客套，这就是区别。

允许伴侣在婚姻家庭关系里面存在"适度偏心"，是维持家庭和谐的小妙招。首先，我们要理解这种适度偏心并不是一件坏事，相反可以说明你的伴侣家庭观念很重。相信我，一个对原生家庭付出很多的人，在组建自己的家庭之后，对自己的小家也会非常上心。

其次，我们要尊重伴侣的"适度偏心"。女人不要奢求男人对自己的原生家庭如何尽力，如何孝顺，只要他尽到一些基本的责任就行，比如说，逢年过节，给岳父家问个好，送点礼，扮演好一个乖乖女婿的角色即可。同样，男人也不要奢求女人强行融入自己的家庭，比如说你们现在面临一个全国夫妻都会遇到的难题：过年回谁家？男人不要帮伴侣去做决定，让她自己决定，她愿意回你家，那就去你家过年，她想回娘家，那就让她回去。人对原生家庭的依赖是没有办法彻底割舍的，因此我们在讨论该以谁家为重的时候，这个问题是没有一个完美答案的，最好的解决办法就是，尊重对方的选择与行为，不去做过多的干涉与评判。

像上文中给我发邮件的米未，其实她跟伴侣之间最大的矛盾，无非就是，为什么老公对自家人永远比对她的家里人要更好一点点。可是与此同时，老公也在尽力去扮演好女婿角色，给岳父岳母订最好的酒店，岳父生日时及时发红包。只是说，生而为人，我们没有办法割舍血缘里面的那份私心，对待自己的亲生父母，我们总是忍不住做得再好一点。

伴侣都在自己的能力范围内给予自己的原生家庭最好的支持，这是无可厚非的，只是需要注意一个"度"的问题。婚姻家庭关系里面，我们讲究整体性和优先性。整体性就是说，先照顾好家庭里面的每一个人，再去考虑成员的优先性，比如说，先关心谁，再关心谁。我们不能整体都没做好，只顾着自己的家人，对伴侣的家人不闻、不问、不管，这就是"过度偏心"。

适度偏心，就像是突然跑进鞋子里的细沙，虽然踩起来隐隐作响，但并不影响你走路的速度；但是过度偏心，就像是粘在鞋底的口香糖，让你连走路都觉得吃力，哪还有心情继续往下走？

　　把握好"偏心"的度，就是维持家庭和谐的诀窍。

你不帮我教育孩子就算了，还当面拆台

在一次线下活动中，有位宝妈问我："每次我管教女儿的时候，老公都要来捣乱。我说东，他说西，整得女儿一脸茫然，不知道该听谁的。你说说这教育孩子，到底该由谁决定？"

看到这里，不知道各位读者有没有一种似曾相识的感觉。在家庭教育中，夫妻俩总是免不了开启对战模式，每次妈妈说了你应该这样做，爸爸就会跳出来说，不对，我觉得你应该这样做。比如说在孩子吃饭问题上，妈妈不允许孩子挑食，即使孩子不爱吃蔬菜，妈妈也会要求孩子强行进食，而爸爸在这方面则可能宽松许多，他们总是念叨着："哎呀，孩子爱吃啥吃啥，能吃饱就行，你何必逼他呢？"

一旁的小孩，听着妈妈爸爸说着完全不同的观念，一时间夹起蔬菜的手停在半空，不知道该送进嘴里，还是原路放回盘子里面。

在心理学上有一个"萨盖定律"，说的是一个人如果只戴一块手表，他就可以知道准确时间，而如果他戴了两块或者更多手表，反而不敢确定时间了。所以，一个人不能同时接受两种价值观，否则便会陷入混乱。对孩子而言，教育者不是越多越好，而是有一个主导者就够了。

对此，有娃的父母也极力赞同："教育孩子，不怕伴侣缺席，就怕

伴侣是个猪队友，不帮你就算了，还要拖你后腿。"

育儿中的非诚勿扰

中国人有个特征：爱管闲事。不管年龄大小，看到热闹，非要凑近去看看才行，而且不光看，还要说。原本是一件与自己毫不相干的事，可在他们看来，遇见就是缘分，常常不自觉就插手干预了，人与人之间，普遍没有什么界限感。

这个特征在育儿问题上，表现得尤为明显。在一个家庭里面，就孩子穿衣这件小事，参与的人数就非常多。本来出门前，妈妈已经给孩子选好了衣服，可爸爸觉得，天气凉了，孩子还要再多加一件外套；奶奶觉得，外套还不够，里面还得再加一套秋衣；爷爷觉得，光顾身体哪够啊，头也得保暖，于是又拿来一顶帽子给孩子戴上。最后好不容易把大家的意见都综合到了一块，结果孩子号啕大哭说："上学迟到了。"

在育儿过程中，没有界限感带来的最大困扰就是：不仅意见多、分歧多，而且常常费力不讨好。大人会觉得，有些意见对小孩来说完全是多余的，不免在心里责怪提出意见的人。小孩则觉得，大人一会儿要自己做这个，一会儿要自己做那个，管教者太多，缺乏独立自主的成长空间。

教育专家李玫瑾教授说："管孩子，只需要有一种声音。"

我们可以把教育孩子这件事看作合伙开公司，每个人都有自己的岗位职责，各司其职，才能推进项目，分工协作，才能事半功倍。在这个过程中，有一个很实用的法则是"划分领地"。首先，每个人首先确定自己的育儿领地在哪一块。比如妈妈擅长给孩子做搭配，那么以后孩子的所有搭配问题都由妈妈决定，其他人不要过分干涉；如果爸爸擅长给孩子辅导作业，那么以后孩子的作业问题都由爸爸负责，其他人不要越过爸爸的领地，对孩子的作业指手画脚。其次，我们要在自己的领地明确职责，或者制定好规则，用责任去换取更多的育儿权力。一旦家人意识到，你在这一领地承担的责任比他多的时候，他就不好意思再开口掺和进来了。

划分领地的优势在于，在育儿方向上，我们知道谁是主导者，既减少了家人间的矛盾纷争，又能让每个人参与到育儿的过程中，培养大家的责任感，避免出现"丧偶式"的育儿家庭。

夫妻齐心，是最好的育儿方法

朋友圈一位妈妈抱怨，丈夫总爱在自己批评孩子的时候过来拆台，导致孩子现在听不得批评的声音，你说他什么，他都说："我不听，我不听，有本事你跟我爸说去。"

父母在育儿过程中互相拆台，是对孩子造成的最大负面影响。

我的侄女小时候也这样，老师来家访的时候，说孩子上课注意力不集中，中途老爱开小差。于是孩子妈揪着侄女一顿教育，并且要孩子回房写一封反思信。没想到孩子刚一提笔，孩子爸就过来安慰说："没事，爸爸小时候上课也开小差，这不也考上大学了吗？"

这下给孩子妈气得头都大了，更恶劣的影响还在后面。侄女继续在课堂上开小差，老师继续打电话来家里提醒，可只要孩子妈张嘴批评，孩子就会把爸爸搬出来当挡箭牌，非说自己是跟爸爸学的。孩子不懂得反思自己的错误和坏习惯，如此就形成了恶性循环。

家庭是孩子的第一课堂，父母的表现深深影响着孩子的行为举止。当孩子察觉到父母之间意见不统一的时候，他便学会了钻空子，给自己找借口，这是所有父母最不愿意看到的结果。

教育家苏霍姆林斯基说过："父亲对孩子的要求必须跟母亲对他的要求保持一致。只要孩子感到父母对'可以''不可以'等概念有不同的看法，即使最合理的要求，他也会认为是暴力、强制，是对他自由、欲望的践踏。长期如此，孩子就会养成任性、不讲理的恶习。"

虽说夫妻在育儿问题上很容易产生分歧，但是两人要学会私下沟通，而不是当着孩子的面，非要说"我是对的，你是错的"。夫妻的育儿对抗，在孩子的眼里，其实就是一种教育失衡，孩子无法从父母的对抗中判断对错，更无法得到正确的引导。

因此，智慧型的父母，在教育孩子的过程中，从来都不会互相拆台。他们会肯定对方的教育和付出，尊重对方的领域和专业，在教育上形成良好的共识，即使出现分歧，他们也有一套"时间验证法"。

什么是时间验证法呢？就是当伴侣提出自己的育儿理念时，不要着急否定对方，而是给伴侣以时间去验证这套理念的可行性，一个月、两个月或者三个月。如果在这个时间范围内，伴侣的育儿理念取得了肉眼可见的成效，那么毫无疑问我们应该选择支持；如果超过这个时间，伴侣的育儿理念完全不起作用，那么我们就可以提出自己的建议，并且和伴侣商量着更换方法。

常常有人问我，怎么在婚姻里面扮演一对合格的父母？我说，合格的父母不是演出来的，而是在实践的过程中慢慢摸索出来的。没有人天生就会当父母，也没有人天生就是教育专家，育儿问题的本质，其实就是伴侣间的一场爱的合作。分头行动或者互相指责，只会造成失败的结局，唯有换位思考、互相支持、并肩同行，才能在家庭成长的旅途中，看见更好的风景。

TA 是谁，为什么大半夜给你发信息

　　婚姻是人一生中最为重要的一份人生契约，里面包含着爱、性、责任以及约束。著名学者吴伯凡曾说："所有动人的爱情故事不是爱情本身的美满，而是执行契约本身的严格性。"有人将爱情保鲜，带着契约精神去守候，甜蜜如初；也有人因性格不合，为琐事不断争吵，支离破碎；不幸的婚姻有成百上千种原因，但最令人痛苦的，无疑是"第三者插足"。

　　江晨是我曾经的合作伙伴介绍过来的咨询者，她是一位二胎妈妈，老公的生意在当地做得风生水起。江晨生完小儿子后，便在家当起了全职太太。平日家里的琐事，都由保姆一手操持，江晨的生活可以说是悠闲自在，她可以随心所欲地去做自己喜欢的事，瑜伽、烹饪、绘画……好不自在。而丈夫杨楠则是这一切的来源和后盾，他对江晨和孩子向来大方，节假日、纪念日以及外出旅行，都会买很多礼物，或者直接给江晨一笔数目不小的钱，让她可以按照自己的喜好去享受。并且杨楠非常顾家，在江晨怀大宝和小宝的时候，每一次产检他都没有缺席。朋友都羡慕江晨，说她是不是上辈子拯救了银河系，才换来杨楠这么好的老公。可这一切的幸福，就在杨楠手机上出现了一条暧昧短信后，戛然而止。

　　杨楠的手机一直没有密码，平日里在家就随手放在一旁。那日杨楠回来得早，到家就倒床睡着了，手机嗡嗡响了好几下也没能把他吵醒。江晨不忍打扰他，拿起手机看了一下消息。但没想到，消息内容竟然是："亲爱的，到家了吗？"江晨心里"咯噔"了一下。再联想到杨楠最近的一些反常举止，江晨脑袋瞬间一片空白。

　　前后思量了一夜，江晨还是决定找杨楠长谈一次，结果他真的承认自己出轨了，但他一直反复强调，两人只是刚刚开始，并没有想过要为了那个女人放弃自己的家庭。江晨顾及这些年的夫妻情分，而且她还深爱着杨楠，也不想让两个孩子缺失父爱，万般思虑之下，她决定隐忍，接受杨楠的道歉，即使此时的她内心极为痛苦。

　　此后两人虽然和解了，但总感觉彼此间少了些什么，以前那些默契和甜蜜都是自然而然的，但事后两人间的互动总有些刻意为之，好像不论怎么努力，都没办法回到以前了。放手又不甘心，继续又太痛苦，就这样江晨和杨楠七年的婚姻，在挣扎半年后以离婚收场。

　　"婚姻教皇"约翰·戈特曼曾经说过：一段美好的婚姻，发生坏事和好事的比例，至少要达到1∶5。也就是说，如果婚姻中发生一件伤害两个人感情的事情，过错方至少需要5倍的精力和时间来增强彼此间的感情，才能抵消曾经的那些伤害。当然，如果双方不愿意面对或者处理曾经的创伤，极有可能就再也回不去了。现实中的感情，远没有童话故事中的那般美好，它非常脆弱，是需要彼此用心经营的。如果你没有潇洒转身的勇气，就永远不要触碰婚姻的那条红线。

　　在现实生活中，对那些遭遇伴侣出轨的人而言，已经发生的事始终是心口上无法愈合的伤口，能否破镜重圆，对双方来说都是巨大的心理考验。所以当第三者出现时，我们又该如何面对以及解决呢？很多人遭遇第三者时，第一反应是生气，他们无法理解为什么如此深爱自己的伴侣，能做出背叛自己的事情。这个时候一定要记住，先处理情绪，再处理事情，这是处理两性关系最基本的原则。如何看待以及处理这段三角关系，则呈现着一个人的智慧。

好奇杀死猫，细节莫追问

很多女人在男人出轨后都喜欢追问细节，但好奇杀死猫，知道得越多，伤害得就越深。很多人不是不知道这个道理，但强大的好奇心驱使自己不得不揭开伤疤，看看里面到底溃烂了多少。在经手这么多的出轨案例中，我都会告诉咨询者："不要过多地追问细节。"站在我的角度来说，这完全是一个善意的劝告。

举个例子：当你知道对方出轨了，你还能扛得住；当你知道他们上床了，你开始有点扛不住了；当你知道他们已经在一起多久、做爱多少次，并且你掌握了他们做爱的具体时间和地点时，你发现你已经承受不住了。

所以，你要问问自己的内心，变了质的感情你到底还要不要？是向现实妥协，还是坚持自己？如果你选择前者，那就不要去纠结细节，因为这些细节将会成为你未来婚姻中挥之不去的梦魇；如果你是打破砂锅问到底、死也要死得明白的人，无论怎样你都会去了解这些细节，因为你一辈子都接受不了这种被蒙蔽的状态。

无论是哪种状态或是哪种性格的人，我还是建议不要过多地追问细节，选择性地了解即可。这是给彼此留有余地，也是对自己情感的一种保护。

能勾走男人的，不一定都是狐狸精

第三者不是全靠脸吃饭，男人也不是只靠下半身思考。不要觉得男人被其他女人吸引走，都是因为第三者的美貌，他们也是有情感需求的，男人在你身上得不到的，自然会在其他女人身上获得。千万不要觉得第三者都是狐狸精，很多女人长得比原配丑，但就是能死死地拿住男人的心。

第三者就像婚姻的照妖镜，会以不同的方式呈现两个人的问题。聪明的女人从来不会抓着第三者撕，而是透过现象看本质，第三者身上最吸引人的点，往往是你身上最缺乏的。想要不被替代，最快捷的方式就是在对手身上学习，但现实生活中绝大多数女人都无法做到。

海誓山盟都是过眼云烟

人世间最痛苦的莫过于，海誓山盟犹在耳，物是人非情已空。很多女人发现男人出轨后，不断地问自己，当初的海誓山盟难道都是骗人的吗？为什么他能说不爱就不爱了呢？于是脑海中不断浮现他爱你时的样子，不断地回忆，不断地质问自己，陷入死循环。

男人出轨之后，女人千万不要跟自己较真，你只要知道，男人跟你说誓言的那一刻是真的就好了。但他现在不爱你了也是事实。不要拿曾经的誓言去质问男人，这样只会把他越推越远，令他厌烦。面对已存的既定事实，你要厘清思绪，只需要做出选择，让你们的感情继续或是就此终止。

在这个灯红酒绿、欲望横流的年代，有的人正走在出轨的道路上，也有的人依旧坚持本心，捍卫着自己的婚姻。爱情是一种不听人使唤的东西，我们无法控制自己爱上谁，因为那是人的本性，但我们可以控制自己的情感走向。人之所以为人，是因为我们有能够控制自己欲望的能力。出轨是本性，忠诚是选择。无论和谁结婚，爱情一旦进入婚姻，就注定要在柴米油盐的世俗尘烟里不停过招，学会经营婚姻、欣赏对方，才是婚姻的真谛。

我也很想家庭事业两不误

对已婚人士来说，如何平衡家庭与事业，是一个从古至今的问题。尤其对女性而言，这个问题一直萦绕在她们耳畔。你会发现，在很多对女企业家或者女性创业者的采访中，记者朋友都喜欢问这么一个愚蠢的问题："您好！请问您是如何平衡事业与家庭的呢？"

我之所以觉得这个问题愚蠢，是因为对这群成功人士来说，家庭与事业是不可能做到平衡的，毕竟鱼和熊掌不可兼得。对那些大谈家庭和睦之道、工作与生活平衡之术的论调，我建议你们听听就好，不要全信。你要知道这个世界上，任何一个选择都是要付出代价的，但凡选择必有遗憾。如果你想在更为广阔的事业上有所成功，势必要在家庭中以一部分的艰难妥协作为交换。

我有一位企业家朋友，曾经对家庭与事业无法兼顾的观点嗤之以鼻。在他的认知中，之所以没办法做到二者兼顾，是因为实践者能力不够，如果你的能力足够强，一个小时可以做其他人八个小时的工作，剩下的时间完全可以用于陪伴家人。当然，我这位朋友在创业初期确实兼顾得还不错，在外人眼里他一年能赚四五十万，工作之余他不社交、不聚会，基本把所有的闲暇时间都用于家庭。

可是，随着朋友的事业越做越好，很多像机会又不像机会的东西从四面八方涌来。朋友每天醒来，都会在脑子里产生一个新的想法，无论是在和客户的交谈中，还是在外学习考察中，他的大脑始终处于高速运行的状态，不断地收集信息—思考—形成方案。这个时候他才发现，所谓的平衡家庭与事业不过是个伪命题，因为他根本无法做到平衡。创业初期，他之所以觉得自己可以兼顾，不过是因为没有遇到更高阶的挑战罢了。

对男人来说，家庭和事业如何平衡的问题始终没有一个好的解决之道，对女人来说，更是束手无策。这个时代的女性，可以说比任何时候都要累。因为她们要身兼数职：一个好妻子、一个好女儿、一个好妈妈、一个好厨师、一个好员工以及一个好保姆，必要的时候她们还得是一个好的家庭教师。明明给你一个烂摊子，却生生要你打出一副好牌。脸书前首席运营官谢丽尔·桑德伯格曾说过："全能女人是个神话，不可能存在。"像她这样的女强人都说出这样的话，可见所谓的完美平衡就是一个巨大的谎言。

女人想同时成为一个事业有成的独立女性和旁人眼中的贤妻良母是绝不可能的。对很多结婚生子的女性来说，她们不得不面临一个现实问题，那就是任何一个人都没办法做到事事顾全。你只能扮演好其中的一种角色，而另一种角色必定会因为时间分配的问题而有所扣分。

我身边很多女性同事跟我吐槽，说自从结婚后，自己好像什么事情都没有办法做到最好。这个时代对女人的要求很高：如果你选择成为一个职场女性，会有人说，你是个糟糕的妈妈；如果你选择成为一个全职妈妈，又会有人觉得，这不算是一个职业。

职场妈妈要面临艰难的处境。在公司，自己不是一个好员工：事业上刚有起色，但因为怀孕，公司的很多重要项目把自己直接踢出局，孕后回到工作岗位，新业务又要重新学习。上班背奶、下班抱娃改方案，最后却换来同事的一句"跟不上团队节奏"。在家里，自己不是一个好妈妈：刚生完娃就要投入职场，孩子没醒就去上班，孩子睡着了才回到家中，尽管已经尽可能地抽出时间陪伴孩子，可还是经常没机会抱一下孩子。

男人也好，女人也罢，任何人都没办法在家庭和事业中做到游刃有余。人这一生就像在捡金豆：家庭，捡进筐里；事业，捡进筐里；爱情，捡进筐里；亲情，捡进筐里；友情，捡进筐里……这一路的金豆你都想捡进筐里，可你忽略了筐的容量有限，你没办法捡起所有种类。

没有办法将家庭和事业做到完全平衡，这已经是既定事实，那我们又该如何抽丝剥茧，找到生活与事业相对平衡的那个点呢？在这里我要跟大家分享三个要点：动态平衡、核心关切平衡和重点节点平衡，如果以上三点我们可以做到的话，就非常不错了。

首先，我们来讲一下动态平衡。它指的是工作忙时忙工作，家庭需要时照顾家庭，充分沟通、尽力协调。夫妻两人相互分担，一方做饭，另一方刷碗；一方喂奶，另一方拍嗝；一方辅导作业，另一方陪孩子玩耍。双方负责的家庭任务，尽可能地配合对方的节奏来制定。

其次，核心关切平衡是，尽量抽出时间满足孩子在学习、成长和陪伴上的需求，满足伴侣在理解、支持和关爱上的需求，满足老人在孝顺、尊重和包容上的需求，抓大放小、及时弥补，是平衡事业与家庭的有效法则。

另外，与丈夫扬长避短，分工协作，也可以从另外一个侧面解决女人事业与家庭的平衡问题。比如，在一个家庭中，女人赚钱的能力明显要优于男人，那为什么男人不能照顾家庭、照顾孩子呢？一个家庭总得有人主外，有人主内，有人赚钱，有人持家。其最终的目的，不外乎是把这个家经营好。还有，我们不能狭隘地理解，女人的事业就是赚钱，其实从某种意义上来讲，照顾好家庭、培养好孩子、支持好丈夫、经营好自己，也是值得女人为之付出一生的事业。对男人来说，就算你真的忙到什么都做不了，至少可以在成就事业后，握着妻子的手说："我的军功章，有你的一半。"

最后，我们来讲一下什么是重点节点平衡。工作和家庭孰先孰后、孰重孰轻，其实会随着人生阶段的不同而发生相应的变化。有限时间内，把一件事做好就够了。工作时，尽情展示职场能力，回家就是一名妈妈、一位妻子，或是一名爸爸、一位丈夫。对家人的陪伴，不需要二十四小时都做到尽善尽美，但在孩子生日、孩子入学以及孩子生病的时候，可以做到不缺席，尽可能地陪伴左右；对伴侣，在其职业晋升或是事业低谷期，可以给到足够的理解和支持，再或者给到一些关键性的意见就好了。

家庭与事业就像跷跷板的两端，一端沉下去，另一端势必会被翘起，如何掌握好力量，找到那个相对的平衡点，还需要不断实践。别人给出的想法和建议，都是基于他本人的自身情况而判定的，就像小马过河的故事一样：小马驮着麦子，遇到了一条河，挡住了去路。问一旁的牛："牛伯伯，请您告诉我，我能蹚过去这条河吗？"老牛说："水很浅，刚没过小腿，能蹚过去。"松鼠过来说："水深得很，会把你淹死的，别过河！"那到底水是深还是浅呢，小马要自己试试。

　　事业与婚姻虽无法两者顾全，婚姻也经常会令人感到精疲力竭，但我还是想送给大家一句话："如果无法逃离围城，那就在围城里把生活过得让自己满意。"

Chapter **4**

爱的过山车

在这个不断循环、起起伏伏的过程中，夫妻双方唯有做好共同进退的觉悟，一路互相鼓励，相知相爱，才能开好这辆过山车，一起从谷底冲向新的高峰。

过山车式的婚姻家庭

许多人在结婚一段时间后，都会发出这么一句疑问："为什么婚后生活和我想的不一样？"

想象中的婚姻生活，应是两人相敬如宾，然而现实是两人相对无言；想象中的婚姻生活，应是如同烈火一般，在冬日的平原上熊熊燃起，成为温暖之源，然而现实中的婚姻，如同一颗豆大的火苗，在平原上扑腾几下就熄灭了。因此，不少人在婚后都会陷入这样一个怪圈：夫妻之间交流越来越少，感情越来越淡，关系越来越糟。其实不怪他们会陷进去，因为发出这种疑问的人，根本就不懂什么是婚姻，更不懂如何去经营婚姻。

说一个非常形象的比喻，婚姻好比过山车。过山车的运行原理是：俯冲、势能、惯性和动能，恰巧这也是婚姻过山车的运行原理。新婚时期的男女，好似刚坐上车的乘客，他们度过了一段缓慢的情感攀爬期，蓄积了最大的势能，所以刚进入婚姻的夫妻通常是激情饱满的，他们兴奋地坐着过山车，尖叫，呐喊，尽情地释放自己的热情。但俯冲不会一直持续，当激情消散，就需要及时为过山车补充推力，否则，当过山车出现故障，没有得到及时处理或者处理不当，就会出现脱轨失控的现象。

我们在看《泰坦尼克号》的时候，总是会被杰克和露丝那跨越阶级的伟大爱情所感动。但穷小子画家和贵族名媛的爱情，只能停留在过山车的顶峰阶段，再往下走，两人的热情便会被骨感的生活磨灭。我们试想一下，如果杰克爬上了木板，他们真的携手进入了婚姻，那婚姻状况大概率是非常糟糕的。

电影《革命之路》就是他们婚姻故事的真实写照，在这部电影里，杰克变成了弗兰克，露丝变成了爱普莉，他们从相识、相恋再到步入婚姻，两人共同养育了两个孩子。在邻居眼里，他们是模范夫妻，恩爱有加，子女双全，谁知幸福的背后早已天色大变，风起云涌。婚后不久，弗兰克和爱普莉的幸福生活就开始面临挑战，初为父母的手忙脚乱，不断增长的财务负担……婚姻此时对他们而言，不再是天堂，而是牢笼，一切都让人焦头烂额。

爱普莉放弃梦想，成为一名全职家庭主妇，每天忙于家务和育儿，内心焦虑敏感；弗兰克为了养家糊口，收起少年时期的雄心壮志，不甘心地沦为一名普通的上班族，偶尔搞搞外遇，不再追求浪漫。两人的婚姻再也没有当初热恋时的模样，彼此经常为了一些小事吵得面红耳赤，都觉得对方面目可憎。弗兰克不理解爱普莉为家庭做出的牺牲，不理解她所追求的生活情趣。爱普莉则不理解弗兰克为家庭承担的压力，不理解他在理想和家庭之间的挣扎。他们过着死气沉沉、毫无希望的生活，婚姻对他们而言，只是一纸契书，早已没有了当初的期待和向往。

这样看，弗兰克和爱普莉像极了我们：年少时怀揣着满心欣喜，渴望遇到一个懂自己的恋人，每天有聊不完的话。遇到这个人之后，我们步入婚姻，一开始确实如想象般甜蜜，可是几年之后激情消失，聊不完的话被吵不完的架代替。既然激情衰减在婚姻中已是不争的事实，那我们势必要在婚姻当中做出调整，及时为婚姻这辆过山车补充推力。

有人说："婚姻的后来由女人的一厢情愿和男人的充耳不闻组成，婚姻的腐朽的生活需要一场革命。"那么，当婚姻的过山车行至低谷时，我们应该如何革命呢？最简单粗暴的方式便是，在平凡生活中制造新鲜感，也在日常沟通中增加艺术性。

之前有个读者来找我，姑且称他为 H 先生。H 先生给我发来结婚邀请函，邀请我参加他的第二次婚礼。别误会，H 先生不是二婚，新娘还是同一个人，只是 H 先生想用婚礼的方式，纪念他和妻子的十年婚姻。周围人都觉得 H 先生用情至深，和妻子简直是天造地设的一对。但 H 先生对我说，即使是羡煞旁人的他们，在婚姻当中也有想要离婚的时刻。

据 H 先生自己说，妻子在婚后全力支持自己的事业，主动包揽了家里大大小小的活。妻子的支撑让 H 先生这些年来的事业一路开挂。虽然家有贤妻，事业也有所成就，可是 H 先生的幸福感没有提升。未到七年之痒，H 先生已感觉自己和妻子没了感情。日复一日的平淡生活，让他忘了爱情的滋味，慢慢地竟开始感觉到枯燥，想要逃离的念头不止一次出现在脑海之中。H 先生向我坦白他的内心，他说自己很感激妻子这些年对他的付出，可两人的感情，确实一年不如一年，特别是有小孩之后，妻子与他的互动更少了。虽然妻子每天还是会准备好三餐，把家里打理得井井有条，但是对他的态度越来越不耐烦，每天只会催他上班，埋怨他下班不帮忙带孩子，不把鞋子好好摆正，还把公文包乱扔，净给她添麻烦。H 先生说面对妻子时，自己就像个没有感情的机器人，完全没有聊天的欲望。

直到有一天，他突然心血来潮，在回家的路上给妻子买了一束花。妻子收到后虽然嘴上嘟囔着"买这玩意儿干吗，中看不中用"，但开心地抱着花要 H 先生帮她拍照。H 先生在帮妻子拍照的过程中，发现妻子不知什么时候换了新发型，他夸赞道："你真是越来越漂亮了，新发型很好看。"一听这话，平时大大咧咧的妻子竟也开始害羞起来，对他的态度显然温柔了许多。H 先生这才意识到，他和妻子的情感缺失，是因为他们之间没有任何爱的互动，更别说仪式感了。两人每天都把精力放在工作、家务和育儿上，彼此缺少心灵交流。如果继续这样不关心彼此的情感需要，不去滋养已经干枯的感情，两人最后恐怕只能以离婚收场。

从此，H 先生开始留意妻子的变化，倾听她的需求，时不时地给妻子制造一些小惊喜，大方赞美妻子的装扮，鼓励她追求自己的爱好，有时还会带她一起去游泳，看演唱会。在他的积极影响下，妻子的变化十分明显，她开始体谅 H 先生，会在他心情不好的时候，安抚他的情绪，也会时不时地送他一点小礼物，奖励他对这个家庭的付出，两人的感情忽如一夜春风，又吹回了热恋时期。

很多人总是错误地认为，婚姻就是给爱情最好的交代，只要结了婚，从此便能一劳永逸。殊不知，再深厚的感情，经营不好，也是撑不长久的。我身边有许多跟 H 先生一样的人，婚前期待满满，婚后疲惫满满，他们一边不善于经营，一边抱怨婚姻了无生趣。实际上，当婚姻归于平淡之时，只要稍微用心一点点，比如准备一顿美味的晚餐，或者买一束让对方心旷神怡的花，就能重新为婚姻加满推力，一起重回恋爱时的热情。

总之，想要拥有美好的婚姻生活，就绝不能有偷懒的心态。我一直形容，婚姻生活犹如过山车，就是因为它既有慢慢向上攀爬的期待，也有忽然失重的失望，中途更会跌入谷底，需要蓄能冲刺。在这个不断循环、起起伏伏的过程中，夫妻双方唯有做好共同进退的准备，一路互相鼓励，相知相爱，才能开好这辆过山车，一起从谷底冲向新的高峰。

曾经的心上人，如今的陌生人

电影里总是出现这样的台词：假如要为"我爱你"加上一个期限，我希望是一辈子。一辈子对爱情里的男女而言，是多么令人向往的结局，而现实是，现代人的爱情越来越短暂，别说一辈子，就连一阵子都难以维持。

根据中国司法大数据专题报告显示，1987—2020 年，我国离婚登记数从 58 万对攀升至 373 万对，平均离婚率上涨到 40%。尤其是近年来，结婚第三、四年的离婚率达到了峰值。到底是什么加速了婚姻的衰败，让其从七年之痒缩短至三年之痛？难道仅仅是因为在一起久了，没感觉了？答案是否定的。婚姻远没有我们想象中的那么简单，缩短婚姻周期的，除了夫妻双方的感情变质，还有诸多其他因素。

首先，是思考方式的升级。当代人对婚姻的态度越来越开放，离婚不再是一个"谈虎色变"的话题，"合则来不合则离"的观念日渐深入人心。尤其是在女性自我独立意识觉醒后，更多的女性开始追求经济独立，婚姻对她们而言，不再是唯一的人生选择。

其次，生活方式的升级，让人们对婚姻不再妥协将就。以前的女性，把婚姻、家庭当作自己最大的生活舞台，哪怕受了委屈，她们也会为了维持家庭而选择忍气吞声。而现代女性，除了家庭，她们还可以发展自己的事业和爱好，开拓自己的社交圈。家庭、婚姻对她们而言，若是避风港，她们十分乐意停下脚步，就此栖之；若是发难地，她们定会毫不犹豫地收拾行李，从此不再回头。

最后，是婚姻中亲密关系的升级。婚姻的本质，其实是一种复杂的社会关系。当婚姻从两个人的爱情变成六口之家，再到多人之家，婚姻问题会随着人口结构的变化逐渐凸显。届时，婚姻将不再是对两个人亲密关系的考验，中间还会掺杂着婆媳、育儿、个人等诸多问题。尤其是在人心浮躁的当下，各种人际关系、亲密关系杂糅在一起，就会使夫妻双方感到烦躁无力，甚至对婚姻失去希望。

面对婚姻周期的巨幅缩水，一些乐观的婚姻主义者仍然会积极思考：应该如何拯救婚姻里面的三年之痛、七年之痒？从我多年的婚恋服务经验来看，幸福和长久的婚姻都离不开这几点：

学会婚姻当中的沟通之道

沟通之于婚姻，如同血液流通之于生命：当血液流通顺畅，生命将充满活力；反过来，一旦流通不畅，生命将会逐渐走向终结。沟通不仅仅是对话聊天，而且是一种深入的联结和了解。要知道，会说话只是良好沟通的基本前提，夫妻间沟通的最终目的，是表达自己的需求和更好地了解对方。

增进夫妻感情的沟通方式，是学会赞美和适当妥协。从社会心理学角度来说，赞美是一种特别有效的交往技巧，能快速缩短人与人之间的心理距离。而适当的妥协则不会激化双方的矛盾，正如老话所说："婚前眼睛睁大，婚后眼睛半开半闭。"

夫妻之间再熟也要互相尊重

电视剧《昼颜》中有这样一段台词："结婚就是用失去热情来换取安稳，过了三年丈夫只会把妻子当成电冰箱一样对待。打开就有吃的，坏了也不去维修。"现实中很多夫妻都是如此，他们只考虑自己，而不顾及对方的感受。例如丈夫不尊重妻子的劳苦，对妻子嫌三弃四；妻子不尊重丈夫的私人空间，要求他二十四小时随时汇报；等等。

和谐的夫妻关系就是双方平等，互相尊重对方，做到有事彼此商量，心事彼此倾听。正确的相处方式是懂得换位思考，并且注意保持婚姻里面的边界感。丈夫切勿把妻子当成保姆，妻子也要警惕"妻管严"的意识。人与人的关系是相互的，你的方式也影响着他的方式，你尊重对方，对方同样会尊重你。

婚后需要学会重新"谈恋爱"

在情感心理学中，有一个著名的"爱情三角论"，由美国心理学家斯滕伯格提出，他认为爱情由三个基本成分组成：激情、亲密和承诺。激情是指爱情中的性欲成分，是情绪上的着迷；亲密是指爱情关系中的温暖体验；承诺则是指维持关系的期许或担保。从这三个构成要素来看，成熟的爱情或许是从婚姻开始的。

但是不少人在婚后开始抱怨，曾经的心上人，如今俨然已成为陌生人，同住一个屋檐下，却毫无浪漫可言，同睡一张床褥上，却毫无欲望可言。婚姻之所以会产生这样的变化，是因为我们结了婚便不再"谈恋爱"，以前用来追求对方、吸引对方的小伎俩，到了婚后便被我们雪藏起来，就像我们很喜欢一盆植物，买回家后便不再浇水，那么植物枯萎也是早晚的事。婚姻并不是恋爱的终点，而是另一种恋爱方式的展开。

在这段恋爱当中，你不再需要费尽心思地追求对方，但你要学会在生活的琐碎闹剧中关切对方；你也不再需要绞尽脑汁地想如何赢得这段感情，但你要学会如何细水长流地维护这段感情。

像切蛋糕一样分配自己的感情

在婚姻里，要学会像切蛋糕一样分配好自己的感情。俗话说得好："三分爱自己，七分爱他人。"然而现实中很多女人，为了婚姻，为了孩子，总是处处妥协，事事退让，让自己低到了尘埃里面。但低到尘埃里的花，永远结不出幸福的果实。聪明的女人，都知道在婚姻中，妻子只有懂得做自己，爱自己，才能绽放出独特的自我魅力，赢得伴侣的尊重和呵护。

而有了孩子后，更要注意夫妻感情的再分配。很多夫妻，有了孩子，便忘了伴侣，导致另一半的婚姻体验感急剧下滑。育儿虽然是个大工程，但是婚姻要想保鲜，一定要关注所爱之人，而不是让孩子占据了你全部的感情。

理性处理好婚姻中的人际关系

婚姻是由个体走向家庭的过程。网上经常有人调侃婚姻是两个人的爱情、三代人的家庭、七个人的战争。爱情是两个人的事没错，可一旦走进婚姻，就难免会涉及三个家庭：自己的小家庭、丈夫的原生家庭和妻子的原生家庭。夫妻生活在一起之后，需要处理的人际关系变得复杂起来，比如婆媳关系、翁婿关系、姑嫂关系等，这是不可避免的。

只有意识到婚姻里面潜藏着多重人际关系，才能在日后的经营当中做好万全准备。夫妻间要明确家庭之间的边界，正确协调伴侣和家人的关系，彼此之间多一点退让，多一点宽容，才不会造成矛盾积压，让小事酿成大悲。

生活中，再美好的婚姻，也避免不了矛盾和磕绊。婚后产生的任何矛盾都是有迹可循的，只要找出原因，用心经营，婚姻必定会圆满和长久。而所谓的三年或七年，都不是婚姻的界限。婚姻经营得好，一辈子都嫌短；经营得不好，半年都嫌长。

摸他的左手，就像摸自己的右手

有个学者说："对人类来说，性不仅仅是性，性是一种语言，是一座桥梁，是从孤独通往亲密的所在，是建立彼此相属的熔炉。"

中国人常常羞于谈性，稍微带点颜色的话题都能让他们瞬间紧张起来，而后匆忙结束聊天。但是在婚姻关系中，性又是所有夫妻都必须面对的课题。性生活处理不好的夫妻，往往会让彼此的关系陷入紧张和焦虑之中。

我曾接待过一位典型的因性生活不和谐而影响家庭关系的女会员。她和老公结婚三年，女儿一岁，本来是一家三口幸福的模样，可女会员常常感到羞辱。她自述，从女儿出生以后，丈夫就开始和自己分房睡，每次自己提出想跟丈夫一起睡的想法时，丈夫总是说："都老夫老妻了，睡觉还要腻在一起吗？"

"可是我们才结婚三年，他已经对我没有任何欲望了，这正常吗？"为此，女会员感到苦恼不已，她觉得自己失去了作为一个女人的魅力，甚至一度怀疑丈夫对自己没有爱了。她开始检查丈夫的手机通话、聊天记录和别的社交软件，这不查不知道，一查吓一跳，果然丈夫在社交软件上和一个来路不明的女人聊得火热，两人的聊天内容十分露骨，还会互发酒店地址，这明显是丈夫的身体出过轨了。

女会员拿着聊天记录，坚决要跟丈夫离婚。可丈夫痛哭流涕地忏悔道，自己只是贪图新鲜，并不是存心背叛家庭，只要妻子能够原谅他，他保证不会再犯。

或许在男人眼中，新鲜感可以成为他们犯错、偷腥的理由，可是在女人这里却没办法理解：既然家里已经有人了，为什么还要对外面的莺莺燕燕抱有非分之想？难道真的是野花要比家花香？

男人为何风流成性

20 世纪 40 年代末至 50 年代十分著名的《金赛性学报告》中透露，在抽样调查的 6427 名男性中，有超过三分之一的男性曾背叛妻子。男人的风流似乎是刻进骨子里的，即使是外表看起来再老实的男人，都难免抵挡不住"性"的诱惑。不过，男人的性和女人的性又有所不同，男人的性多出自生理需求，可以不掺杂任何感情色彩，而女人的性多是由于爱，她们只有在爱一个人的时候，才甘愿献出自己的身体。

我曾在不少城市都做过线下情感沙龙，其中有一个环节叫作：坦白局，鼓励大家诚实地说出自己的情感问题。有位男士的故事我到现在都记忆深刻，他一开口就坦言自己有了外遇，并且不止一次。有听友提问："难道你不爱你的妻子了吗？为什么要背着她找别的女人？"

男士说："我没有不爱我的妻子，并且，我也绝对不会跟她离婚，只是……"说到这里，男士的脸上开始露出一丝尴尬，其间他的嘴巴张开了好几次，又选择了合上，不仅在座的听友着急，我也很好奇到底是什么原因。

结果男士的回答确实令人意外："只是……她满足不了我。"

男士私底下跟我透露，他跟妻子的性生活出现了一点问题，倒不是因为妻子抗拒他，而是因为没有了新鲜感。他比喻跟妻子的性生活就像左手摸右手一般，太过熟悉，甚至连下一步会发生什么都能提前在脑海中预想到，渐渐地，他对妻子丧失了欲望，更出现了一个邪恶的想法，想试一试别的女人能不能激起自己久违的性趣。

男人的风流，多出自新鲜感得不到满足。大多数夫妻，在刚接触的时候，恨不得变成口香糖粘在对方身上，可是见多了，抱久了，他们便不再想时时刻刻处在一起，关于夫妻二人间的性生活，也变成了流水线上的做工，两人的每一步都是按照步骤去完成的。这对男人来说，非常考验他们的耐心，要是没有新鲜的东西去点燃他们心中的火花，他们很容易因此感到厌倦，从而使得"性福"生活变成无性生活。

你不主动，就会有别人主动

女人在面临男人的冷淡时，通常是持怀疑态度的："他是不是变心了？""他在外面肯定有了别的女人！"我在婚恋行业干了十多年，服务过无数咨询者，发现一条特别有意思的规律：女人在无性婚姻里，第一反应是责怪、抱怨，而不是想着怎么去扭转局面。

或许是深受中国传统思想对女性的约束，女人从小便被告知要矜持，要克制，因此在夫妻性生活出现问题的时候，女人也总是被动地等着男人来解决。要是男人没有任何行动，女人除了抱怨之外，只会傻傻地愣在原地，不断地小声问着自己，怎么办，怎么办。

首先，女人无须对自己的欲望感到可耻。当需求出现的时候，你可以大大方方地向伴侣索取，当需求被拒，或者是对方没有这方面欲望的时候，适时的调情很重要。男人的新鲜感其实很好满足，只要女人做出一点小小的转变，便能重新荡起男人心头的涟漪，比如，在语言上面表现得亲昵一些，可以说一些以前不常说，但是男人很喜欢听的话；在行动上面主动一些，不要什么都等着男人来牵头，把主动权握在自己手里，会让男人有一种被征服的感觉，由此重新收获婚姻里面的激情与新鲜。

其次，女人还可以通过改变环境和氛围，去调动男人的情绪。有学者发现，环境是人们转变心情的开关，人在暧昧动情的环境下往往会更加感性，可以更大程度地去释放体内的激素。我的一位学员，就曾试过用"音乐"唤醒伴侣的爱。一次机缘巧合之下，学员在家中放起了两人约会时常听的歌，于是回忆涌上心头，两人越说越甜蜜，最后享受了一次非常愉快的床上生活。后来学员每次有需求，都会找一些两人拥有共同回忆的歌曲，两人一同沉浸在美好的往事当中，曾经消散的激情，慢慢聚集回温，仿佛又回到了美好的恋爱时期。你看，勾起了对方的情绪，就等于勾起了对方的性趣。

最后我想跟各位女士说的是，在婚姻当中切记不要把自己变成"黄脸婆"的形象。很多女士在结婚后会自然而然地收起自己对外界的吸引力，不再注重穿衣打扮和内在提升，并且会放弃自身的性感和神秘感，因为她们觉得自己有了归宿，便不再需要这些特质。恰恰相反，女士即使在找到归宿之后，也不能停止自身吸引力的塑造，吸引力就像是两性关系中的针线，它可以将男女双方牢牢地缝合在一起，而一旦吸引力消失，针线松散，男女双方的关系必然会由密不可分走向疏离松散。

想要夫妻之间和谐的性生活，女人一定要懂得瞄准男人的弱点。男人在感情中是"狩猎"型人格，他们一旦发现对方被完全征服，就会瞬间兴趣全无，所以女人不管是在婚前还是婚后，都不能放弃对自身吸引力的塑造，不管是内在的吸引力，还是外在的吸引力。女人当像山风一样，时不时吹得人心痒痒，男人才会始终恋恋不舍。

真的，女人在"性"这个问题上，千万不能始终保持被动，你不主动，就会有别的女人来主动。家庭幸福离不开夫妻二人精神上的同频共振，也离不开肉体上的和谐美满，精神和肉体两者其实是相辅相成的，精神是肉体的欲望源，而肉体则是精神的黏合剂——把这两者拿捏到位了，你会发现婚姻一切都好。

一个人的沉默，两个人的无奈

　　一位婚姻濒临失败的会员找我咨询，她直言自己的婚姻出现了"失语症"，每当她面对伴侣时，心中纵然有千言万语，可是一张嘴，好似被人下了"哑药"，迟迟说不出一句话。婚姻当中沟通欲的丧失，最终让两个熟悉的人变得陌生。

　　其实不只是这位会员，我在邮箱里经常能收到一大把相同境遇的邮件，大致内容如下：

> 伴侣回消息的速度越来越慢，电话几乎不打了；
> 每次跟伴侣对话，他总是用"嗯，哦，好"来敷衍自己；
> 伴侣总是以上厕所为由逃避沟通，一蹲就是半小时起步；
> 只要我不主动找他，他就绝对不主动找我；
> …………

　　大数据表明，在中国的婚姻关系中，最大的离婚原因，不是出轨，也不是家暴，而是内部无声的坍塌。夫妻二人每天坐在一起、躺在一起，可是他们之间没有任何互动。原本炙热的感情，此时就像暴露在烈日下面的山泉，蒸发得快要没了。原本婚姻带给我们的认知，是从亲密到亲密的升级，而事实上，婚姻也可能是从亲密到陌生的降级。其中的落差，主要来源于伴侣对婚姻的错误认知。在婚恋行业扎根了这么多年，我曾不厌其烦地给大家指出这些问题，但是仍有一些共同的婚姻隐疾，反复发生在不同的夫妻身上，导致两个人从无话不说，到无话可说。

因此，这些本可以避开的错误婚姻认知，我们必须重视起来。

他爱我，所以他必须懂我

女人的思维逻辑是这样的，假如我们爱一个人，即使他一言不发，我们也能仅凭一个眼神、一个动作，轻而易举地猜测到对方的内心。女人总把男人想象成"读心神探"，希望自己一皱眉，男人就能察觉到自己的心情不悦，自己一撇嘴，男人就能立即笑脸相迎地贴上来对自己又亲又哄。

事实上怎么可能？男人和女人的思维方式是不一样的，尤其是在应对情感上面的思考时。女人喜欢观察伴侣的情绪，并从中进行发散性思考，试图探索男人内心的真实想法。比如说，当女人和伴侣出去吃饭，伴侣因为菜不好吃而感到烦躁，这时候女人会思考，难道仅仅是因为菜不好吃吗？是不是他在工作中还遇到了其他烦心事？或者是他在生活中遭遇了什么挫折吗？

而男人的思考则比较直接，他们习惯于就事论事，并且从不深究。所以同样的情景如果发生在男人身上，他们只会以为是菜的问题，而不会联想到其他原因。

男女在情感上思考的差异，导致女人常常对男人大吼大叫："你根本就不懂我！"但是女人很少反思自己，她们经常莫名其妙地不想说话，问她原因，她也不说，好不容易开了金口，说的也是反话，这时候男人常常一头雾水。他们说这也不对，那也不对，女人就好像吃了火药桶，随时都可以让他们粉身碎骨。所以很多女人在生气的时候，男人往往会选择闭嘴——注意，他们不是不想哄，而是不知道从何哄起，甚至他们都不明白女人生气的原因是什么。

所有进入婚姻的姑娘都要记住，伴侣间即使感情再深，也无法变成对方的影子，想对方所想，思对方所思。想让对方懂你，你就必须把自己的需求明明白白地说出来。婚姻不是猜谜大赛，不需要大费周章地解读对方，真诚坦白的沟通，永远比曲折迂回的猜测更让人有聊下去的欲望。

TA 无理取闹，所以我必须要赢

在婚姻当中我最害怕看到的一幕是，夫妻二人像打辩论赛一样跟对方争论不休。本来是抱一抱就可以和解的问题，两人非要争个输赢，生怕自己受了委屈吃了亏。当然，这种问题在男人身上会更加常见。

众所周知，男人是理性动物，发现问题喜欢摆事实、讲道理，而女人则刚好相反，她们在争论的过程中，更倾向于满足自己的情感需求。例如，两人就某件事情产生分歧，男人会告诉女人，你这样做是错的，你错在哪里了，以及你应该怎么做。本来男人是本着讲道理的态度跟女人沟通的，但是男人蠢就蠢在，他们忘记了女人不是光凭讲道理就能驯服的物种。女人在争吵过程中，首先需要的是情绪安抚，否则你说什么，女人都觉得你在责怪她。

另外，男人骨子里便携带了好胜心，不仅在职场上争当强者，在情场上也要占据绝对的霸主地位，因此他们在跟伴侣争论的过程中，很容易上头，不给伴侣任何退路，甚至在伴侣想要暂停这个话题的时候，他们仍然像个王者一样高高在上，继续连环追击，完全不顾伴侣的感受。

在男人心里，只要是争论，就一定有对错之分，只有胜利的一方，才能让伴侣心服口服地闭嘴。而在女人心里，男人这样做无疑是在消耗自己的爱意，一开始，女人还会跟男人争论两句，但后面即使男人说"1+1=3"，女人也懒得去争辩了，因为心累。

不得不说，"必须要赢"这个想法出现在婚姻里面并不是什么好事，毕竟婚姻不是战场，你的伴侣也不是你的敌人，我们无须通过让伴侣认输的方式，来证明自己的强大。因为婚姻里面真正的强大，是适时妥协和各退一步。

反正说了也白说，不如保持沉默

相信我，大多数婚姻不是死于无性，而是死于无话！

我曾经问妻子，你们女人在什么情况下会丧失沟通欲？妻子的回答很中肯，她说当女人所说的在对方那里得不到一丁点回应的时候，或者是对方从不把女人的话放在心上的时候，女人往往就失去了沟通的兴趣，觉得自己说了也白说，不如保持沉默算了！

其实男人也是如此，他们原本是非常愿意把自己的事情分享给伴侣的，但若是在伴侣那里得不到理解和回应，他们就会停止分享。

觉得沟通无用，于是停止沟通，这就是绝大多数夫妻无话可说的原因所在。结婚之前，我们使劲找话题聊；结婚之后，我们懒得再找话题聊。无话不说和无话可说，其中的区别，无非就是一个字——懒。当我们懒得开口，懒得回应对方，懒得找话题的时候，夫妻之间就会陷入一个沉默的死循环。更可笑的是，许多夫妻都把原因归咎于"说了没用"，其实他们只是掩盖自身的懒惰，不去想办法而已。

婚姻不该是从浓烈变得寂静，最后化作一潭死水；而是每当它沉寂下去的时候，我们要重新注入爱，再想办法用力搅一搅，如此才能始终让夫妻的感情保持鲜活。在这个过程中，沟通太重要了，它就像是濒临死亡时的一剂良药，治愈了心碎，重启了期待。

看某档电视节目的时候，里面一位嘉宾说："年轻的时候，总以为爱情生活就是么么哒，萌萌哒。后来才发现，如果两个人只有么么哒，那么日子一定过得疙疙瘩瘩，真正过日子，一定要找一个能聊天能吃饭的人。"

这段话也是我想分享给大家的。婚姻是一段漫长的旅途，中途一定会经历疲惫。我们不可能时时刻刻都有话聊，但我们必须想办法保持语言上的互动，这是我们彼此交换心情和想法最直接的方式。为此，大家一定要及时纠正婚姻中的错误观念，不要藏着不说，等对方猜，不要喜好争辩，争当赢家，更不要放弃沟通，保持沉默。婚姻，吵也好，闹也好，总归是两人嘴上有来有往，才能地久天长。

到底是你变了，还是他变了

"你变了"，这句话几乎在所有婚姻中都能听到，仿佛已经成为已婚人士的口头禅。前段时间我做了一个粗略的统计，在我的职业生涯中，曾有上千位咨询者不约而同地问过我："为什么结婚前他对我这般这般，结婚后却跟变了个人似的，难道婚姻真的能改变一个人？"

通常情况下，我会追问他们：为什么觉得对方变了？改变的依据是什么？

他们的回答大致相同，比如"结婚前伴侣体贴入微，结婚后常常不问家事"，"结婚前是个浪漫主义者，经常给我制造惊喜，结婚后变成现实主义者，买啥都要掂量掂量，毫无仪式感"，"以前心思都在我身上，现在心思都在工作上"，"以前看他哪里都是优点，现在看他哪里都是缺点"，"结婚前对我爱得火热，结婚后几乎感觉不到他的爱"……

就这些回答来看，婚姻确实让一个人发生了改变。但是这些改变，真的是婚后才发生的吗？未必。伴侣的改变从恋爱时期早已开始。

改变在确定恋爱的那一刻，早已开始

我必须打破大家对婚姻的一个美好幻想，婚姻确实没有恋爱那么

绚烂。恋爱是两个人火力全开，婚姻则是两个人细水长流，所以这个"变"是必然的。

比如，男女在相互吸引阶段，男人会进入"狩猎"状态，为了能早日捕获"猎物"，男人往往会带上自己最好的装备，做好万全的准备，不容许自己有一丝失误。这时他展现在女人面前的形象，是英勇的，聪明的，充满魅力的。而当男人宣布狩猎结束，喜滋滋地抱着"猎物"回家的时候，男人便很难再时时刻刻维持"猎人"的形象，他会回归到一种松弛、自然的状态——改变从这个时候已经开始。

同样，女人在遇到心仪对象的时候，会忍不住从头到尾散发自己的魅力。见面之前，头发要保证蓬松，妆容要保证精致，穿着要保证得体……总之不得放过一丝可以展现自我的机会，并且女人还会尽量表现出自己柔弱的一面，以此激发对方的保护欲。当男人上钩，与女人双双陷入爱河的时候，女人随时随地想要散发魅力的动力就消失了，这时候女人便从无可挑剔的女神，变成了素面朝天的女汉子。

有网友精辟总结，结婚后人为什么会变。因为男女在恋爱时期，已经见过了彼此最好的样子，从此之后的每一天都是在走"下坡路"。网友说得不无道理，恋爱就是男女双方的一场谋划，为了吸引对方，大家都在前期展示着自己最好的一面，而婚姻早已过了相互吸引的阶段，婚姻讲究自然的相处和真实的接纳，这时候就会产生显著的差别。不过这种变化并不是一种坏的变化，反而意味着我们和伴侣之间的关系变亲密了。就像猫一样，面对陌生人，常常弓着身子小心翼翼地走路，唯有面对亲密之人，才会懒散地躺在地上，露出雪白的肚皮。

"欺骗"你的不是伴侣，而是你自己

听过一个非常有意思的观点，许多人在结婚之后发现伴侣与结婚之前判若两人，于是大呼自己"被骗了"，可是你有没有想过，"欺骗"你的不是伴侣，而是你自己。在《沙盘游戏与讲故事》一书中就验证了这个观点：所谓"现实"，其实大部分是由我们的期望和信念建立起来的。

恋爱时期，我们对伴侣的期望达到顶峰，甚至会在心中不自觉地过度美化伴侣。比如，他给你倒一杯水，你便觉得他是这个世界上最体贴的人；他过马路把你护在身侧，你便觉得他是脚踩七色祥云前来保护你的英雄。热恋时期的多巴胺，让你们一起坠入美好的梦境，在这个梦境里面，你们把对方想象成这个世界上最美好的存在，即使伴侣身上存在一点小小的瑕疵，你也选择了视而不见。

而进入婚姻之后，让人冲昏头脑的多巴胺逐渐减少，你们对伴侣的期望值下降，于是不再过度美化对方，由此才慢慢看清了对方最真实的样子：他可能有点懒，只是偶尔给你倒杯水；他可能没那么细心，很多时候都照顾不到你的情绪；他可能没你想象中的那么优秀，跟其他人比起来，他也只是一个刚好被你选中的普通人。

恋爱时期，期望值有多高，结婚之后，失落感就有多深。我们常常把这种失落怪罪于"对方变了"，其实对方并没有改变，而是因为从前你拿放大镜看他，所以你看到的都是他的优点，现在你把放大镜拿开，看到了最真实的他，那些从前被你无视的缺点一点一点显露出来，你觉得他跟从前不一样了。事实上，伴侣变了吗？好像也没有吧，只是现在的他跟你期望中的他不一样了。如果能早点接受伴侣最真实的样子，或许就不会在结婚之后疯狂抱怨对方变了。

人都会变，阻止不了只能适应

听到"人都会变"这种话，你可能会很担心自己的婚姻会不会出问题。为此我想说，别多虑了！一成不变的人才更容易让婚姻产生问题。仔细思考一下，假如十年前你的伴侣的认知、能力、薪资都处于中等水平，十年后他仍然没有任何变化，而周围的人已经纷纷开始超越他，向更高的层级晋升，甚至连那些曾经水平不如他的人，都已经缓慢盖过他的风头，这就意味着，你们从原来的中等水平变成了下等水平。一成不变有时候带来的并不是安稳，而是落后，这是一件很可怕的事！

夫妻双方在结婚之初，都是抱着"越来越好"的心态去过日子的，即使不能大富大贵，起码要保持现状；若是落差感太大，夫妻双方则难免产生矛盾，出现"以前我们的生活多好啊，你看看现在过的是什么鬼日子"这种对话。

婚姻想要维稳，极为重要的一点是，我们的认知、能力、薪资都要与时俱进，变化恰好是我们跟上时代的一种手段。正好应了那句老话："人都是会变的。"这种变化可能是认知上的，可能是需求上的，也可能是圈层上的，但是我们要分辨清楚，这是一种向上的变化，初衷是为了给伴侣、给家人创造更好的生活。

当伴侣在婚姻当中，不断地提升自己，他的认知、能力、薪资和圈层都在向上变化的时候，我们不要指责对方变了，没时间陪自己了。在婚姻当中，我们要明白一个事实：好的物质条件和生活环境，一定是拿时间去换取的，所以我们要学会在情感上做出取舍，不能既要求伴侣给我们创造好的生活条件，又要求伴侣给我们足够的陪伴时间。反倒是我们要学会适应伴侣的变化，在伴侣向上变化的时间里，我们也要拥有自己的生活，去阅读，去学习，去结交新的朋友，去提高自己的认知层次，这样才不至于在和伴侣的交谈中，感到无法融入。不过，如果你的伴侣是往一个不好的方向变化，比如越来越差劲了，越来越暴躁了，越来越没有责任心了，你则大可不必去选择迁就和适应。

　　总之，婚姻就像一场奇妙的化学反应，身处其中的人每时每刻都在变化，因此婚姻也常常会变化成不同的状态，有时是温暖的烟火，有时是陌生的戈壁。我们要学会接受婚姻的一百种形象，去爱伴侣不同阶段的模样，爱他优秀的一面，也接受他狼狈的一面，爱他的辉煌，也接受他的平凡。婚姻不易，需要接受的考验太多，变化只是其中很小的一部分，只要两个人坚持走下去的决心不变，它的影响就可以忽略不计。

你可以付出，但不可以失去自我

《喜宝》一书里面有一段话颇令人印象深刻：我最怕别人为我牺牲，凡是用到这种字眼的人，事后都要后悔的。将来天天有一个人，向我提着当年如何为我牺牲，我受不了。

"牺牲"这个词看似伟大，但放到婚姻当中未必是件好事。我有一对夫妻朋友，先生是上市公司的市场副总裁，太太专心在家相夫教子。有一次，太太哭着给我打电话，说先生要跟自己离婚，问我怎么办。索性我将两人约到我的办公室，打着叙旧的名头，想从中调解两人的问题。

细细一问，发现两人之间的矛盾并不复杂——太太总喜欢絮叨自己为这个家做出的牺牲，以此要求先生必须对自己言听计从。先生则认为自己从未逼迫太太做出任何牺牲，太太的"控诉"压得自己喘不过气。

再往下深挖，你会发现这对夫妻的故事其实是很多家庭的缩影。结婚前，太太原本有一份不错的工作，因为表现得好，很快就升职当了经理。而彼时的先生事业刚刚起步，每天忙得不可开交，生活饮食极其不规律，甚至还因此进过两次医院。婚后两人商量着要把生活重心逐步转移到家庭，于是先生提议请阿姨照料二人的生活，可太太执意要亲力亲为，并认为古往今来家庭本就是女人最大的事业，若是请了阿姨，自己多多少少会有些失职。再三讨论之下，太太决定辞职，专心在家当好贤内助的角色，也就是这样一个决定，成了二人日后婚姻矛盾爆发的导火索。

失去工作的太太，开始把全部心思放在以先生为中心的家庭上。先生平日里的一举一动都要向自己汇报，稍有不顺心之处，太太便开始说，自己为这个家不惜放弃了前程，身为受益者的先生，本就应该给予自己更多的关心和爱护。先生虽然心有不满，但想到太太的付出，便也忍了。直到二人的儿子出生，太太对先生的管制越发令人迷惑，每日必须要检查先生的行程、通话和聊天记录。一旦发现先生的通讯录里有自己不认识的人，太太就会追问到底。

这样的举动在太太看来再正常不过了，因为在她的生活中，舍弃了工作，舍弃了曾经的社交圈，舍弃了自己的爱好，她唯一能够抓紧的就是先生。而先生则认为太太的行为有些疯狂，曾经那个独立有趣有想法的太太，正在慢慢失去自我，变得越来越陌生。在这样畸形的婚姻关系中，先生终于忍不住爆发了，他向太太提出离婚，此时太太泪如雨下地说道："我变成这样都是为了谁啊，还不是为了你吗？"

"可是，我从来都没有要求你为了我改变什么！更没有要求你失去自己！"这句话是先生的心声，亦是许许多多和他同样境遇的伴侣的心声。

亲密关系中总是存在这样一个误区：因为我爱你，所以我可以为你付出一切，甚至牺牲自我。伴侣在抱着这种想法进入婚姻的时候，完全没有意识到自己有何不妥之处，甚至会觉得自己无比伟大。殊不知这是一种自我感动式的情感，不仅会自伤筋脉，还会殃及爱人。这种思想的形成，往往跟一个人的成长环境和原生家庭有关。

习惯于在婚姻当中过度付出的人，往往在生活中自卑、敏感、缺爱，而之所以形成这样的性格，是因为他们总是被告知：你要怎么怎么做，才能得到什么什么。比如，小时候你想吃糖，你的父母会告诉你，你考了一百分就能吃糖，于是你拼命地学习、做题，终于吃上了糖；你想去游乐园玩，你的父母会定下规则，只有你一个星期都听话懂事，才能实现心愿，于是你努力地活成父母希望你活成的样子，不惜与自己的天性相悖。这种"付出才能得到"的思维模式深深地影响着你，以至于你进入婚姻之后，错误地以为"只有我付出得足够多，才能得到对方的爱"：对方说喜欢短发，然后你就去剪短发；对方说不喜欢话多的人，然后你就变得越来越沉默。你总以为爱是有条件的，只有让自己变成对方喜欢的样子，爱情才能留在你身边，以至于你不惜改变自己的外貌、性格、行为和习惯，可是对方并没有因此对你多一分感激，添一分爱，为什么？

因为真正的爱是没有条件的。两个人能够互相吸引，走进婚姻，必定是从对方身上看到了某些令人着迷的特质，所以你无须时时刻刻提醒自己，用付出和改变的方式去讨好对方、迎合对方——你要明白，你的存在本身，就是对方爱你的理由。

当你在婚姻当中的"不配得感"过高的时候，你会陷入"不安—改变—不安"的焦虑循环模式之中。只要对方稍稍有些反常之处，你就会忍不住反思："是不是我做得不够好？""是不是我需要改变些什么？"这种模式造成最典型的后果就是：对方说什么，你就做什么，对方需要什么，你就去追求什么，久而久之，你会发现自己已经丧失了独立思考的能力，恰如恩格尔所言，你的生活与伴侣融为一体，以至于当这段关系结束时，你会发现自己已没有生活可言。

我见过许多案例，以女性居多，结婚之后把自己的全部都贡献给了家庭，以委曲求全的方式来换取伴侣的认可，最后却丢失了自己的尊严。女性如果想在婚姻中得到伴侣的关注，抓紧伴侣的心，首先要做的一件事就是，停止把生活的重心聚焦在伴侣身上。

首先，女性的人生不该只有伴侣一个支点。如果把婚姻看作一项投资，那么将全部的鸡蛋都放在一个篮子里，是风险非常高的行为，除了伴侣之外，你还要有自己的社交圈、爱好和事业。当你的生活变得多元化起来，你会发现自己在婚姻里面不再紧张兮兮，面对伴侣，你也会更加轻松自在。

其次，女性不要把婚姻当作人生的终点，而放弃自我成长。叔本华说：说"我爱你"的人一定先有一个完整的"我"字，倘若没有"我"字，"我爱你"也就不存在。在婚姻这台人生大戏中，你得先做好你自己，然后你才能扮演好其他角色，比如说妻子、妈妈和媳妇的角色。不要受旧派传统思想的影响，认为女性必须先顾全家庭，再顾全自己，这个逻辑顺序根本是本末倒置。你要注重自己的内在感受，去说自己想说的话，做自己想做的事，你只有成为更好的自己，才能在经营家庭上面更加得心应手。另外，当伴侣发现你有自己独立的想法之时，他才会把你当作一个平等的人对待，而不是一个依附于自己的挂件，可以随意摆布。

好的婚姻，不是迎合对方，改变自己，也不是一味付出，牺牲自己，而是你因为这段婚姻，看到了更好的自己和更好的风景。如若没有，也不要着急，按照我跟你说的办法一步步实践起来。婚姻当中最浪漫的事，就是你学会了好好爱自己，然后用自己身上的光和热去照亮家人、温暖家人，这样的关系，才能终成佳酿，回味无穷。

婚姻如闯关，关关难过关关过

谈到对婚姻的向往，大多数人联想到的画面都是：夕阳西下，一对白发苍苍的夫妻互相搀扶，他们的脸上满是岁月的痕迹，可是望向对方的眼神，却一如初见般温柔。他们缓慢地向着家的方向走去，细碎的夕阳，如同金箔一样洒在他们的头顶和肩膀上，仿佛为他们的爱情镀上了一层永恒的颜色。

古往今来，婚姻都被认定是人生大事，需谨而为之，慎而选之。世人向往与子偕老的婚姻结局，却无几人可经执子之手的考验，即便是一开始握住了心爱之人的手，中途也会因为种种考验而选择松开。所以人们从不羡慕街边亲吻的年轻人，只羡慕夕阳下搀扶的老夫妻，唯有经得起时间考验的婚姻，才是众人心之所向的幸福。

想来平日里在外开展婚恋活动，二十多岁的小姑娘最喜欢凑过来问我："邓老师，什么样的婚姻才能相守一生？"关于这个问题，你可能去搜索引擎上搜过，一百个人有一百个不同的答案，但今天我要告诉你的只有八个字：齐心协力，不离不弃。

如果你结婚的目的，只是想找一个人毫无保留地爱你一辈子，那么大概率你是会失望的。你贪恋爱情的炙热，只需要找一个人谈恋爱即可，感觉淡了，或者不想爱了，随时可以退出或者换一个人。而婚姻是什么呢？婚姻是即便爱情在你们之间，已经由一杯烈酒变成了一杯白水，你仍然甘之如饴。如果你无法区分爱情和婚姻的区别，你便很难收获一段相守到老的婚姻。

爱情和婚姻的区别

社会心理学家阿伦森在《社会性动物》这本书中，将情感分为四类：喜欢、激情之爱、伴侣之爱和完美之爱。

我们所说的爱情，对应的便是激情之爱，它的特征是来势凶猛，不可抗拒。激情降临的那一刻，你可以满心满眼都是对方，几乎到了有求必应的程度。不过这种情绪来得快，去得也快，可能过了一个月、两个月、三个月，新鲜感消退，你会逐渐减少在对方身上的付出。比如，从前回消息是秒回，现在只是看一眼，爱回不回；从前驱车十几公里都要见上一面，现在就算相隔一道门，都懒得推开。

激情之爱追求激情，一旦激情磨灭，二人之间的关系便会出现动摇。有人想着寻求刺激，便会快速结束这段关系，接着寻找新的对象；有人想继续磨合，便会选择进入婚姻，开启下一阶段的伴侣之爱。

伴侣之爱，多指代结婚之后建立起来的情感，其中不只包含了激情，还有信任、包容、理解、责任和稳定，这种情感是由多个支点搭建起来的，盘根错节，比较牢固，不会因为某一支点的消退而分崩离析。它跟激情之爱不同，激情会随着时间而消减，而伴侣之爱，则会随着时间而升华，你们不仅仅是彼此的爱人，还是朋友，是可以生死与共的战友，亦是可以放心依赖的家人。

只有经历了伴侣之爱，才有机会触及完美之爱，也就是人人所羡慕的与子偕老的感情。这样看来，幸福的婚姻结局，需要经过漫长的时间考验，可惜的是，人们往往忽略了过程，一心只想快进到结局，他们贪恋激情带来的美好，却倦于对待婚姻当中的难题。如此只想享受好的一面，而不想分担坏的一面，如何能够相守一生呢？

爱情和婚姻最大的区别在于，爱情是单枪匹马的战斗，两个人有着各自的谋划，相见时既可以选择红尘共骑，也可以选择分道扬镳。而婚姻则是两个人的闯关，你们会一起面对很多难关，只有通力合作才能打败 boss，拿到奖赏。若是其中一方按了暂停键，或是中途退出，双方都会被打回起点，重新开始，所以非常考验彼此的合作能力。

婚姻就像合伙开公司

我的一个生意上的朋友前年开始做直播领域的带货，找了个比较有经验的合作伙伴，两人前期一拍即合，直播做得风风火火，利润可观。可一段时间后，两人面临供应链过长的问题，还没等找出解决方案，合作伙伴就抽身出去单干了，留下一堆烂摊子让我这位朋友独自收拾。原本是一项踩在风口上的事业，齐心协力便能顺势而起，可惜遇人不淑，刚要起飞就被猪队友搅了一锅浑水。于是朋友总结：创业成功的第一步，是找一个靠谱的合作伙伴。

对婚姻同样可以这么总结：婚姻幸福的第一步，是找一个靠谱的合作伙伴。为什么我把婚姻比喻成开公司呢？因为经营婚姻和经营企业一样，会遇到许多未知的困难和风险。首先，结婚前你要考察对方是否能够成为你的合伙人，比如，他是否具备你对合伙人的期待，他能给你带来什么，能为你们的家庭创造什么，是不是一个稳定的合作对象。结婚前的风险在于，一旦选错了合伙人，那么婚姻的长度将会大大缩短。只有你对合作伙伴各方面满意，且你们的经营方向一致，才能做到维护婚姻的长久。

其次，在经营婚姻的过程中，会和经营企业一样遇到内在风险和外来风险，内在风险包括婆媳矛盾和育儿矛盾，外来风险包括第三者和其他外界因素的影响。当风险到来的时候，两人齐心协力，才能保全公司，或者即使做不到势均力敌，也要努力做到不拖后腿。如果其中一位合伙人产生动摇，或者出现中途退股的行为，对公司的经营也是极为不利的。

最后，还有一种比较极端的风险，就是两位合伙人出现了"利益"分配不均的情况。其中一方觉得自己在这段婚姻当中付出的多，得到的少，委屈的情绪令其萌生了"止损"的想法。这时候就要对合伙人进行安抚，或者就利益分配的问题重新制定解决方案，如此才能避免公司解散的风险。

对待婚姻，要用企业经营的思维理性思考，既要有合作共赢的意识，也要有共同担责的觉悟。有人说："爱情或婚姻，是人类对另一半最真诚的奉献，表现形式有很多种，比如说爱情中的默契，身体上的亲密，或者对下一代同心协力的养育。我们能够察觉，无论是爱情还是婚姻，最需要的就是合作。"

既然我们在婚姻当中选定了彼此作为合作伙伴，就要尽力将婚姻这项事业经营好，无论中途遇到什么困难，能解决的尽量解决，解决不了的再做打算。现代人常常感叹如今的婚姻太过短暂，决定结婚很快，只需要十秒钟，决定离婚更快，甚至十秒钟都不到，反倒是从前的婚姻一牵手就是一辈子。对此，身为过来人的老者说："因为从前的婚姻坏了，人们都想着怎么去修；现在的婚姻坏了，人们都想着怎么去换。"可是婚姻对象无论换了谁，都一样会有矛盾、争吵，需要磨合、包容，唯一的维稳方式，便是两人齐心协力，逢山开路，遇水架桥，关关难过关关过，如此方能做到真正相守一生。

Marry

结 婚 ， 挺 好 的 ！

Chapter 5

爱的缝纫机

成就自己，是成就婚姻的第一步，但是光走好这一步还不够，伴侣之间还要互相成就，如此才能琴瑟和鸣，不负朝夕。

男人的态度，女人的温度

"婚姻中到底该不该偷看伴侣的手机？"我们思考一下，什么样的人会问出这样的问题。假若夫妻间足够信任，自然不会出现偷看手机的行为。只有当夫妻间的信任崩坏时，人们才会通过偷看的方式，去监督伴侣、检验伴侣。

三四年前，有一位咨询者问我，能不能帮她找个懂电脑的，她想知道丈夫每天和哪些人聊，聊了些什么。我告诉她，通过非正当手段窃取他人信息，这在法律层面是不被允许的，即使你窃取的对象是自己的伴侣，也有可能成为被告。没想到她说："即便是成为被告，我也不想被骗啊！"

原本咨询者和丈夫的感情非常好，两人的手机向来不设密码，无论对方什么时候想看，拿起来看便是。但是咨询者在怀孕期间，她发现丈夫看手机的次数变多了，还经常对着手机傻笑，咨询者每次凑过去想看一眼，丈夫都会像防贼一样防着她。咨询者隐约有种不好的预感，她猜测丈夫是不是在外面有女人了。

一日趁着丈夫洗澡的工夫，咨询者快速拿到丈夫的手机，本想打开一探究竟，不料丈夫的手机居然设置了密码。这下咨询者更加抓狂了，等到丈夫从浴室出来后，她又哭又闹。丈夫只好解释道，对着手机傻笑，是因为和兄弟在群里面说黄色笑话，怕老婆看了觉得自己猥琐；给手机设密码，是因为有一次在外吃饭把手机给落下了，后来想想有点后怕，自己的支付宝、微信可都没有退出，万一被别人拿走，难免会被居心不良之人用来做坏事。

咨询者将信将疑地听了，可是接下来几天，咨询者发现事情并没有那么简单，她总是有意无意偷瞄丈夫的手机屏幕，发现他跟一个粉色头像的女生聊得最多。面对咨询者穷追不舍的询问，丈夫终于承认，他跟这个女生有暧昧，但是两人还在起步阶段，从今往后会彻底断掉联系。于是，他当着咨询者的面，删除了这个女生。

信任感这东西，一旦崩塌，随之而来的就是无尽的猜忌、质疑和争吵，咨询者的婚姻从此每况愈下。无论她的丈夫怎么弥补她，她都觉得自己在持续遭受伤害。

夫妻间的信任犹如一张白纸，揉皱了，再摊开，也没办法抚平上面的褶皱。但这并不意味着，失去信任的婚姻注定只能走向破裂，想要修复这段感情，就必须修复两人之间的信任感，虽然这件事情颇具挑战性，但只要两人齐心解决，信任感重建也只是时间问题。

受害者理论

我在线下收到许多学员反馈，信任感受损最可怕的一个影响，就是被伤害的那个人会不断地用自己的伤口去攻击对方，并且不管对方如何去补救这一段关系，他们都会认为这是对方的阴谋，无论对方如何解释，他们都会说："可是受到伤害的是我，不是你！"这就是典型的受害者理论。

比如我在上文中提及的咨询者，她不断地想办法窥探丈夫的隐私，即使丈夫做出解释，也做出表率，但她始终把自己定位为"受害者"，把丈夫定位为"加害者"。受害者的特征是，永远觉得委屈的是自己，错的是对方，即使"加害者"有心悔改，他们也会心存偏见，无法从内心去接纳对方。

当然，在婚姻当中被伤害的一方有权宣泄自己的情绪，但是不能一直停留在原地，不断地折磨自己、谴责对方。当伤害过去，伴侣真心悔改时，你应该从"受害者"的角色中走出来，试着重新去接纳对方。如果你从一开始就没办法接纳，那就及时止损。记住，信任感破碎，要么不修复，要修复就一定要跟过去的伤害说再见，否则只是在拖延散场的时间。

从"洞穴"里面走出来

在信任感重建的过程中，男人面对女人的追问和质疑，往往会变得越来越沉默，但这并不是因为男人心虚，而是男人觉得麻烦！发现没有，大部分男人在面对问题，尤其是情感问题的时候，都喜欢像狗熊一样躲进洞穴，任凭女人如何歇斯底里，他们都能做到充耳不闻。

男人躲起来的理由有两点：一是他们不善言辞，在和伴侣解释的过程中，往往会因为自己的表达不当，而将伴侣不满的情绪推向高潮；二是他们在你追我问的情感模式中感到疲惫，觉得"不管自己怎么说，对方都将信将疑"，所以他们干脆不说。

男人和女人在沟通上面是有区别的，男人注重阐述事实，女人注重表达情绪。在这里我们要搞清楚一个重点，在信任感重建的过程中，女人的需求到底是什么。我想，不是一个具体的答案，而是男人的态度。

当女人想要沟通的时候，男人首先要去聆听女人的情绪，其次要及时给出反馈，即使男人说不出什么好听的话，但只要让女人感受到"你有在为了这段关系努力推进"的积极态度，两人之间的信任重建便是水到渠成的一件事。

俗话说得好："男人的态度，女人的温度。"你给女人什么样的反馈，女人就会给你什么样的结果。

学会在对方面前"脱衣服"

看谍战片的时候，我们应该很熟悉这样的情景：友军为了验明对方的身份，往往会搜身，看看对方身上有没有携带武器，或者有没有敌军标志，最后才会放下心来。同样，在亲密关系中，如果其中一方破坏了他们之间的信任感，想要再次赢得对方的信任，就必须主动验明身份，最好是在伴侣面前脱得一干二净。

当然，我这里说的"脱"，并不是真的让大家跑到伴侣面前脱衣服，而是指行为和语言上要做到完全公开透明，不要再对伴侣做出任何欺瞒、说谎和其他破坏信任的行为。你们之间可以进行一次开诚布公的交流，把自己的需求告诉对方，甚至可以主动做出承诺，一点一点让你们的感情回归正轨。若是心中还对对方抱有什么顾虑，直接表达出来，重建信任感，坦诚很重要，扭扭捏捏或者欲言又止，只会让你们之间的裂痕越来越大，把问题放在阳光下解决，才是明智之举。

朋友说过一段话我很喜欢，他说："信任感破灭很可怕吗？贴上创可贴就行了，要是一个不够，就贴两个，两个还不够，那就有多少贴多少。只要想好起来，就没有好不起来的事。"

所有的亲密关系，都会有不小心摔碎的时候，你必须不断地修补、黏合，才能让它一如从前般美好；虽然修补的过程很艰难，但是，心之所向，行之所动，结局终会美好。关键是，你够不够用心，够不够诚恳。

原谅，只是和好的开始

听过一个荒唐的故事：一对结婚八年的夫妻，因丈夫出轨，两人直接把家搬到了民政局旁边。妻子说，要是咱俩哪天过不下去了，走下楼就可以把婚离了，方便。这句话妻子说了不下一百遍，可事实上，两人在往后的岁月里，谁也没有真的把结婚证变成离婚证。

美国在 20 世纪 90 年代有一项调查显示，15% 到 25% 的美国人会在婚姻中出轨。在人们的想象中，出轨一定意味着离婚，但在现实中，绝大多数人都会选择继续维持这段婚姻关系。一是两人之间还有感情羁绊，二是就算换个人也未必能够遇见完美婚姻。

"那还能怎么办？当然是选择原谅咯！"被出轨的一方，常以这句话作为结束语，为之前的出轨悲剧画上一个句号。可是旁观者会忍不住提醒："以后有你好受的。"当然他们是善意的，因为出轨后的婚姻维持起来异常艰难。原谅，并不意味着和好，就像衣服破了，需要针线缝补，但它只做到了"穿针引线"这一步，至于以后能不能缝得起来，还得看后期的努力和功力。

允许痛苦发生

大多数人在伴侣出轨后，虽然选择了原谅，可是内心还是会感到痛苦。这种痛苦体现在，他们会去质疑对方的话是真是假，会去验证对方的行为是否属实，会反复地问对方："你到底还爱不爱我？"会莫名其妙地跟对方发火，也会时不时地提起过去，指责对方："你为什么要出轨？"

我对许多会员进行过调研，尤其是在婚姻当中经历过被出轨的会员，结果发现，他们的痛苦并不全是来源于"伴侣出轨"这件事，还有一部分原因是他们没有办法接受"原来婚姻掺杂着痛苦"。

在进入婚姻之前，我们确实做过承诺：要给对方幸福。普通人对幸福的定义就是：笑，不流眼泪。所以我们理所当然地认为，伴侣要让我们笑，不能让我们哭。换句话说就是，我们不允许婚姻当中存在痛苦。

当伴侣出轨之后，我们首先需要跟自己的负面情绪进行拉扯：

"我的婚姻为什么会变成这样？"

"老天为什么要让我这么痛苦？"

"我究竟做错了什么？"

如果你把婚姻想象成一件完美的艺术品，不允许出现瑕疵，大概率是会失望的。痛苦作为人类最常见的情绪，总是见缝插针地溜进我们的生活——你被父母责备会感到痛苦，遗失物件会感到痛苦，爱而不得会感到痛苦，仔细想一想，我们每个人都无法避免痛苦的发生。可为什么唯独在婚姻里面，我们无法接受痛苦呢？本质上还是因为我们对婚姻的期待过高。当我们把某件事情看得过于神圣的时候，我们便没有办法接受它的偏差。但婚姻终归是两个普通人的结合，喜怒哀乐一样也逃不过。不妨试着用平常心去看待婚姻，告诉自己：婚姻里面也会出现各种各样的状况。

出过轨的婚姻，好比牙齿被蛀虫咬了一个洞，不嚼东西时一切正常，一嚼东西便锥心地痛。修补牙齿难吗？不难。但是我们要做好心理准备：修补的过程可能会有些痛。

当我们面对婚姻的缺陷和一些无法改变的事实时，要允许一切发生，允许自己掉眼泪，允许自己无能为力，允许痛苦发生，允许婚姻没有那么完美（事实上完美的婚姻也是不存在的）。我们要做的，首先是学会接受，然后耐心地去寻找解决之路。

停止放大痛苦

很多人在重建亲密关系的过程中，都不免陷入这样的误区：放大自己的痛苦。

我们讲一个案例。一个丈夫出轨了，但他并不想离婚，于是带着妻子来向我咨询。整个过程聊下来，丈夫显然是一副悔改的模样，面对妻子三番五次的语言攻击，他埋下头，默默忍受。后来我把两人分开，单独谈话。我问妻子，你是否真心想要跟对方继续过下去？妻子回答："是的，但是我忘不了他带给我的伤害。"

原来，在丈夫出轨之后，妻子把自己的遭遇跟身边的所有人都说了一遍，每说一次，都会得到旁人的同情。这种同情的情绪让妻子越发感觉到"自己受到了莫大的伤害"，她不断回想丈夫的行为，越想越觉得丈夫不要脸，道德败坏。

我让妻子抛开这些情绪，试图回忆一下丈夫的优点，妻子想了一会儿，说出了五条。我又让妻子回想一下丈夫回归家庭后做出的改变，妻子断断续续又说了几条。几番引导下来，妻子开始理性地看待这段关系，她觉得丈夫确实有在治愈她的伤口，反而是自己不愿被治愈。

这位妻子的行为，让我想起这么一个故事：从前有只小猴子，它的肚子被树枝划伤了，流了不少血，于是它每遇到一只猴子，都要把伤口扒给它们看，每只猴子都会送去安慰和祝福。小猴子开始享受这种被大家关心的感觉，它继续给其他猴子看伤口，把伤口越扒越大，最后感染死掉了。一只老猴子哀叹着说道："它是自己把自己害死的。"

如果一开始小猴子选择包扎伤口，不到处展示，伤口早已慢慢痊愈，故事的结局就是另外一个版本了。婚姻也是如此，想要重建亲密关系，要学会第一时间包扎伤口，才能打一场漂亮的翻身仗；一味地诉苦，或者扒开曾经的伤口，只会让痛苦变得越来越大，最后吞噬幸福。

罚与爱

在婚姻的惊涛骇浪之中，最令人担心的莫过于："如果我原谅了他，他又犯了怎么办？"

此时你的耳畔肯定会响起"狗改不了吃屎""出轨只有零次和无数次"这样的声音。如果按照这个逻辑，那么出轨的伴侣永远不值得被原谅，包括那些真心想悔改的伴侣。

我们假设一下，如果伴侣出轨后，一丝悔改之心也没有，他会不会主动去乞求另一半的原谅？答案铁定是不会的，而且他会摆出一副"无所谓"的态度，你要求他给你一个解释，他也只会说："既然事情都这样了，你爱怎么办就怎么办！"这样的伴侣，建议趁早远离。

而什么样的伴侣会去寻求你的原谅呢？是还在乎你，还在乎你们的家庭，并且想要跟你解决问题、重新开始的伴侣。他可能会痛哭流涕，甚至用下跪的方式去求你给他一个机会。如果你心中对他还有感情，不管这种感情是爱情、亲情，还是恩情，你都可以选择原谅他，但是一定要记住不要轻易地原谅他，必须让他受到一些惩罚。就像我们小时候做题，做错了总是会受到老师的训导，有时候是罚抄答案，有时候是用戒尺打手心。设立惩罚机制，是为了让我们记住错误，并且不会再犯。

另外，如果伴侣出轨之后，哭一哭，求一求，你就心软原谅对方，那么对方会觉得你的原谅成本过低。人们对成本过低的事物，向来不会太过珍惜。因此，你还必须提高自己的原谅成本。比如，我的一位会员就十分聪明。她在老公求和期间，已经搬去了娘家，和夫家相隔二十公里。她对老公说："从现在起，你想求得我的原谅，必须像谈恋爱时一样，每天买一束花送到我家门口，坚持二十天，并且要亲自送到，跑腿代送都不算数。"

老公为了求得太太的原谅，二十天的时间里风雨无阻，一下班就驱车去送花，直到太太愿意跟他回去。后来两人跟我说起这件事，老公还感慨，这条求和之路太过艰难，发誓日后定要好好珍惜。

想要重建亲密关系，避免历史重演的悲剧，一是设立惩罚机制，二是提高原谅成本。这两种方式都会有效降低伴侣再犯的风险。

婚姻是一所学校，每对夫妻都要在里面学习如何与人相处、磨合、解决问题，没人可以轻轻松松地毕业。在学习的过程中，有些人可能会犯错，偏离我们的原始期待，但知错能改，善莫大焉，我们需要给他们改过的机会，才能继续一起愉快地毕业。否则，你只能换个搭档了。

幸福，是三个人的合奏

家庭原本是孩子最有安全感的地方，但对有些孩子来说，他们宁愿去外面经受大风大浪，也不愿面对父母，享受表面上的风平浪静。在中国式家庭之中，最令人悲哀的莫过于，孩子一生都在等父母的道歉，父母一生都在等孩子的道谢。

听过这样一个故事：一对父母和儿子儿媳坐在一桌吃饭，其间儿媳想夹桌子另一端的菜，便站起身来，抬高手，正准备越过丈夫去夹的时候，丈夫突然间下意识地抱住头，肩膀缩成一团。儿媳还没明白发生了什么，婆婆便笑嘻嘻地说道："我这个儿子给你培养得好吧！你一抬手他就怕了。"说完，父母和儿媳都爽朗地笑了，只有儿子面无表情地对母亲说道："你不觉得你应该向我道歉吗？"

这个故事引人深思。在亲子关系中，父母常常以为自己的某些行为有益于孩子，但在孩子眼里，那不是有益，而是伤害。比如说，很多父母以爱之名，在孩子的成长过程中，限制孩子交友、发展兴趣爱好，窥探孩子隐私，强迫孩子参加各种各样的补习班，美其名曰"我是为了你好"，实际上，不过是为了满足自己的控制欲。当孩子忍受不住这种压力，指出父母的不对之处时，父母还会愕然，觉得孩子不听话、不懂事、不明白自己的苦心，甚至把他归类为"问题孩子"。也有一部分父母，在跟孩子的对峙之中，发现了自己的错误，但他们就是拉不下脸面服软。这是中国式父母的通病，为了维护自己的权威，不惜放任错误，让亲子关系愈演愈劣。

跟一位从事教育行业的朋友聊天，他说，90% 的父母在处理亲子关系时，极其容易陷入一个误区：一旦向孩子道歉，就会失去威严。他曾教过两个学生，一个极其偏强，你越是说他错，他就越要错给你看；一个懂得自省，你指出他的错误，他先是思考你说的话，紧接着会反省错误、修正错误。深入了解两位学生的家庭之后，朋友发现，第一个学生的父母，极其强势，在沟通过程中不容反驳，这种绝对的打压和专制，造成了孩子无法和父母平等沟通，所以孩子会选择用更反叛的方式来对付父母的管教。第二个学生的父母则比较平和、明事理，他们在沟通过程中会聆听孩子的想法，让孩子充分感受到尊重，所以孩子参照了父母的沟通模式，在交流过程中能够保持理性，而不是进行情绪性的发泄。

好的亲子关系，一定是建立在孩子对父母的认可之上，他们愿意接受父母的教育，才会和父母一起成长。而大多数糟糕的亲子关系，本质上不是因为孩子难以管教，而是父母处理不当，比如父母不懂道歉，不懂沟通，或是不懂如何赢得孩子的信任。一旦亲子关系出现裂痕，孩子首先会封锁自己的心门，随后不再接受父母的任何意见，甚至拒绝沟通。到时候，不仅家长感到痛苦，孩子也会因为自己的原生家庭而留下一辈子的阴影。所以当亲子关系出现裂痕的时候，父母一定要从三个方面及时去修复，不要让伤害延续下去。

首先，找出关系破裂的原因。父母和孩子之间有着天然的血脉联系，若非遇到难以解决的问题，都不至于走到关系破裂的那一步。这个道理很多人都懂，但极少人能够找出原因。因为父母和孩子心中早已对对方有了刻板印象，父母觉得孩子不该和自己闹别扭，应该明白自己做父母的苦心，孩子则觉得和父母之间存在代沟，无论怎么沟通父母都不会反思，还不如不说。所以在找原因的时候，父母和孩子首先要打破沟通壁垒，学会压制自己的情绪，从理性的角度聆听对方的真实声音。沟通时要明确说出自己的动机，如"我为什么会做出让你感到失望的行为""我的真实意图其实是什么"。很多时候，只有父母和孩子说开了，才能解开彼此心中的误会和心结，父母会发现孩子并非想象中那般无理取闹，孩子也会发现父母并非想象中那般不可理喻。

其次，学会道歉。父母在接受孩子的感谢之前，先要学会道歉。孩子在亲密关系中容易受伤，是因为父母意识不到自己的错误，他们总以为自己的一切行为都是对孩子有利的，殊不知在日复一日的错误坚持下，孩子的内心早已千疮百孔。在一部很火的电视剧中，讲述了一对父母拥有三个子女，但是二女儿常年得不到父母的关注，在日常生活中默默积累了很多委屈。一次生日，二女儿再一次成了父母忽略的对象，于是忍不住情绪爆发，指责父母对自己不够关心，伤心地跑出了家门。父母这才意识到问题的严重性，父亲紧随其后找到了女儿，第一时间跟女儿道了歉，他说："爸爸也是第一次做爸爸，你就稍微体谅一下吧。"随后他又跟女儿谈了心，两人很快和好如初。有时候，父母也会在亲子关系中犯错，只要及时道歉便能得到孩子的谅解，最怕那种明明知道自己做错了，却硬着头皮管教孩子的父母。要知道，父母的每一次专横，都是在拉远与孩子的距离。

最后，表达爱意。人们对爱的感知程度不一样，有些人天生聪慧，不用对方明说，便能感知到爱；有些人向来愚钝，需要对方明明白白地说清楚，才能确认自己是被爱着的。亲子关系出现裂痕，很多时候是父母和孩子之间出现了信息偏差，在父母对孩子苛求、打骂的时候，孩子会怀疑："他是不是不爱我了？"为了消除孩子的顾虑，父母需要明确地表达自己的爱意，告诉孩子，他想多了。若父母平日里比较含蓄，不擅长表达爱，则可以通过写信的方式，向孩子传递自己的心声。这种方式可以留给父母足够多的时间，去组织语言，能够避免直接交流中的口误和负面情绪，让孩子更好地理解父母的真心。而且大家如果仔细观察，就会发现很多名门望族教育孩子，都是通过写信，比如曾国藩的家书、洛克菲勒留给儿子的信等，从他们的字里行间，总是能感受到满满的爱意，以及教育的意义。

养育孩子之前，我总以为，结婚不过是两个人合拍就行，但有了小孩之后，我才恍然大悟：原来婚姻真正的开始，是从小孩出生以后。幸福，不仅仅是两个人的四手联弹，更是三个人的交响合奏。只有当夫妻关系、亲子关系在人生的河流之中稳稳行进的时候，我们的内心才会真正安静下来，去感受美好的生活。

为爱，遇见更好的自己

　　邻居阿梅曾跟我的太太抱怨，每次她跟丈夫交流，两人聊到不同的看法，丈夫都会以一句"你不懂"来结束对话。阿梅在这段婚姻当中深感孤独，犹如一座荒岛，好不容易等来停留之人，可这人并不打算为自己开荒绿化。

　　太太分析阿梅孤独的原因，无非是夫妻间失去了同频共振的默契。世界上的任何人或物，不同频，便无法交流，不共振，便无法相处。

　　早在 20 世纪 90 年代左右，美国的海军发现了一头世界上最孤独的鲸鱼——Alice。在海洋世界里，正常鲸鱼的发声频率在 15 到 40 赫兹之间，而 Alice 的发声频率有 52 赫兹，所以它无法和其他鲸鱼交流。对其他鲸鱼而言，Alice 如同一个哑巴。过去的时间里，人们一直很关注 Alice 的状态，并试图在海洋中为它寻找同伴，帮助它回归族群，可结果总是令人失望。直到 2010 年，一个研究团队在深海中捕捉到了一个和 Alice 同等频率的声音，这说明在世界上的某个地方，生活着 Alice 的同伴，它们正在广阔的大海中等待与彼此相遇。

　　其实婚姻中也有许多"Alice"，因为他们与伴侣发出的频率不同，便常常觉得无法交流和共情。好在人和动物是有区别的，动物无法修改自己的频率，但人可以，当我们低于或高于伴侣的频率时，可以选择"追一追"或者"等一等"，及时缩小与伴侣的频率差距，让自己的婚姻更加和谐。

打开夫妻间的磁场开关

夫妻间一定存在这样一个开关，当你打开它时，便打开了对方的心门，原本疏离的灵魂一下变得契合起来，就像电灯的开关一样，未打开时，你的眼前一片漆黑，每走一步都担心会磕到碰到，直到你发现了电灯的开关，打开它，世界瞬间变得明亮起来，原本迟钝的步伐变得轻快，你终于可以轻松自如地与这个世界握手了。但是很多人不知道夫妻间的开关是什么，甚至会怀疑这个开关是否存在。每次线下演讲时，都有人问我："邓老师，我觉得我跟我爱人之间不存在磁场开关，是不是我们从一开始就选错人了？"

实际上，夫妻间的磁场开关有天生的，也有人为的。天生的包括长相、性格、三观等，就是你们第一次见面或者第一次聊天的时候，能够吸引到对方的东西。那么人为的开关是什么呢？许多夫妻在进入婚姻之后都会发出共同的疑问：为什么从前无比契合的人，如今却变得如此陌生？答案就在于，你们没有设置好婚姻当中的人为开关——情感需求。

世界上没有一成不变的事物，包括人也是一样，每个人会随着年龄、阅历的增长，从而产生情感上的需求变化。我举个例子，很多女人在恋爱时期，缺乏安全感，于是她们想找一个专一、有男子气概的男人，此时男人身上其他的特征，比如事业、财富、理解、温柔等都没有那么重要。等到进入婚姻之后，女人的情感需求逐渐发生了改变，她希望男人能提供给自己更好的生活，希望男人能提供给自己更多的理解，希望男人能够在生活细节上更加体贴……这时候如果男人满足不了女人的情感需求，两人之间的关系就会慢慢变得生疏起来。

对男人来说也是一样的，二十岁的时候，男人喜欢漂亮的女人，带出去倍有面子；二十五岁的时候，男人喜欢有价值的女人，门当户对或者势均力敌；三十岁的时候，男人喜欢情商高一点的女人，可以帮助自己平衡好事业和家庭……发现没有，男人和女人一样，每个阶段的情感需求都不一样。想要打开夫妻间的磁场开关，首先要了解伴侣这一阶段的情感需求是什么。你可以通过主动询问的方式，直接了解伴侣当下最真实的想法：他需要苹果，你就给他苹果，需要梨，你就给他梨，而不是他想要苹果，你递过去的却是一颗梨。需求和给予不对等，只会让伴侣失去跟你同频交流的欲望。

如果你在婚姻当中不善于主动沟通，还可以从对方的亲朋好友入手，了解伴侣的动向，分析伴侣的需求，主动参与伴侣的生活，不懂就问，不会就学，及时对伴侣的情感需求做出反馈。这些都可以帮助你打开夫妻间的磁场开关。

天底下没有天生的灵魂伴侣

一些婚姻频频受挫的会员总结，自己之所以不幸福，是因为没有遇到灵魂伴侣。说真的，很多人在婚姻遇到阻碍的时候，都会归咎于"对方不是自己的灵魂伴侣"，然后开始抱怨自己当初选人的时候眼光不够毒辣，评估不够全面，又羡慕别人的婚姻，一拍即合，双方都明白对方在想什么，不用刻意找话题，也不会害怕突然陷入沉默。

每当这个时候，我都不得不打断他们的天真幻想。我告诉他们，这个世界上的确存在灵魂伴侣，但灵魂伴侣不是天生的，而是两个人在漫长的婚姻当中，不断地磨合、优化出来的。

你仔细想一想，是不是女人和男人在恋爱之初，都会觉得自己遇到了世界上最适合自己的另一半，并坚定地认为对方就是自己的灵魂伴侣？为什么？因为此时他们的眼里只有对方，不需要倾注精力在别的地方。而后进入婚姻，女人和男人的感觉可能会变，因为女人在婚姻里面，会把更多的精力用在家庭上面，而男人则需要把精力投入其他事情上，比如赚钱。

这时候会发生一个什么样的变化呢？就是女人和男人的频道发生了改变。好比两个人在看电视，恋爱时，女人和男人的频道一致，他们收看的电视画面只有彼此；可进入婚姻之后，女人和男人的频道出现了转换，女人的频道切换成了以家庭为主的电视画面，男人的频道则被切分成了多个电视画面，其中有家庭，有事业，有社交，有休闲……所以难免会出现交流不同步的情况，女人想要聊家庭，男人的注意力却放在其他地方，无心顾及。

所谓的婚姻当中"不同频""聊不来""脚步不一致"等问题，其实都是男女频道不同导致的。某电视剧里有句经典台词："两个人在一起，进步快的那个人，总会甩掉原地踏步的人。因为人的本能，都是希望更多地探求生命生活的外延和内涵。"

当你开始以旁观者的身份审视自己的婚姻时，你会发现，你与伴侣一开始也是彼此的灵魂伴侣，但是在相处的过程中，一个拼命地往前跑没有等一等，一个傻傻地在原地等没有追一追，最后两人只能从灵魂伴侣，沦落成凑合夫妻。

所有同频共振的婚姻，都有一个共同之处：夫妻间会互相鼓励，共同成长。当伴侣的频道停留在某个画面的时候，及时帮助他转换画面，或者将自己的频道调成和伴侣一样的，这样夫妻间才能保持同步。

我真的认为，天底下没有天生契合的灵魂伴侣，所谓的灵魂伴侣，不过是在不断变化的婚姻生活中，始终跟得上伴侣的脚步：伴侣往前进一步，你就往前进一步，千万不要偷懒，只想停在原地。婚姻偷懒的结果，就是夫妻间的差距越来越大，唯有不断充实自己的灵魂，才能不断增加婚姻的厚度。

爱情靠吸引，婚姻靠保鲜

　　幸福的婚姻都是相似的。如果你问一对结婚超过十年的夫妻："维持婚姻的秘诀是什么？"他们大概率会告诉你，保持新鲜感。

　　我见过的新鲜感保持得最好的夫妻，是我曾经的秘书和他的太太。时至今日，秘书跟太太已经共同走过了十三个年头，每次我同他去外地出差，他总忘不了跟太太通视频、打电话，两人哪里有老夫老妻的模样，俨然热恋中的小情侣！

　　说起来，秘书维持新鲜感的方法也很简单——猜城市。秘书常年随我奔波于全国的各个分公司，有时是广州，有时是福州，有时是上海，与妻子聚少离多。为了让两人的婚姻保持热情，秘书想到了一个好办法，他每到一个城市，都会给太太三个提示，有时是图片提示，有时是文字提示，妻子则负责看图或文字猜城市。如果光是猜，可能很多人猜了两次猜不中，下一次就蔫了，没兴趣了。所以秘书在让太太猜之前，设置了非常关键的一步，他会和太太提前约好实质性的奖励，太太猜对了，这奖励便由秘书兑现，太太猜错了，这奖励便由太太兑现。最后无论是谁赢得了奖励，两人都很高兴，一个因收到礼物很高兴，一个因感受到了婚姻中的热情而高兴。

法国作家巴法利·尼克斯说："婚姻是一本书，第一章写下了诗篇，其余则是平淡的散文。"但若是在散文中加入一些浪漫的辞藻，读起来便又是另外一番味道，这便是新鲜感的奇妙之处。

有一对夫妻曾找我做婚姻咨询，男士姓陈，我们称他为陈先生。两人的谈话十分搞笑，每次陈先生还没说下一句，陈太太就抢先帮他说了，可以说，陈先生的一举一动、一言一行都在陈太太的预判之中。

陈太太向我坦言："我跟他（陈先生）的婚姻已经毫无新鲜感可言了，我们的每一天，都是在重复昨天的对话、昨天的行为、昨天的一切……这样的婚姻看似安稳，却让人感到可悲，我们像打印机一样，不断地复制昨天，没有一丁点的变化，每每想到明天也是如此，我就觉得痛苦。"

这就是两人前来的目的，因为婚姻如同一潭死水，泛不起任何波澜，所以陈太太想要尽快结束这段婚姻。可陈先生觉得甚是可惜，明明两个人在这段婚姻里面都是规矩人，什么错都没犯，怎么就过不下去了？

心理学领域有这么一句话：在长期亲密关系里，应该自动发生的情节都已经发生了。意思是，如果我们不做出一点改变，我们将一直重复过去已发生的情节。婚姻很无奈的一点在于，夫妻把每一天都过成了同一天。

在婚姻里面讲规矩自然是件好事，说明我们负责任，懂担当，愿意为了伴侣克制自身的欲望。但也不要太守规矩，否则会给人一种死板、不懂变通的感觉。最好的办法就是，在原则上讲规矩，在情趣上破规矩。

我们看恋爱时期的小情侣和新婚时期的小夫妻，身上为什么总有使不完的热情？因为他们时不时就会制造一点小情趣，比如给对方买一束花，来一场说走就走的浪漫旅行，下班后找一家餐厅享受两个人的烛光晚餐。总之，每一次的小改变，都是为婚姻充电。

情趣是唤醒新鲜感、创造亲密感的窍门之一。我让陈先生试着像恋爱时期一样，重新去赢回陈太太的心。一开始，陈先生很没自信，他说："我的每一步对方都能猜到，即使我为她准备了惊喜，在她眼里那也算不得是什么惊喜。"

记住，在亲密关系里制造情趣，很重要的一点在于，学会绕弯子。什么是情趣？若是一眼就被对方看透或猜透，那便不是情趣；情趣是激起对方兴趣，并引导对方进行探索的过程。

陈先生回到家后，我给他支了一招：给陈太太买一份礼物，但不要直接给，设置一些关卡。陈先生按照我的方法完成之后，迫不及待地叫来太太，说："我给你准备了一份礼物，猜猜是什么？"

起先，陈太太的态度有些不耐烦："还能是什么，锅、碗、瓢、盆，除了这几样你还能送什么？"没想到这次陈先生扳回一局："这回你猜错了，还真不是！"

听到这儿，陈太太的态度显然发生了变化，她开始提起劲儿，往其他方向猜，但猜来猜去也没一个猜准。到这里，陈先生继续引导："如果你猜不中的话，也可以去找，我就放在玄关的某个地方。"陈先生知道太太向来喜欢线索收集类的游戏，便在玄关处下了第一个线索。这会儿陈太太正兴致盎然地找着，她一路跟着线索的指示方向，先去了玄关，再去了客厅，最后在房间梳妆台下的盒子里找到了礼物。那个盒子，原本是夫妻二人存放车票的地方，以前两人异地，总是穿越十几个城市才能见到对方，这一张张车票，便是二人一次次爱的证明。陈太太拿出礼物，难得流露出娇羞的表情，她拍了拍陈先生的肩膀当作肯定："算你有心！"

大家都知道婚姻里面需要情趣，可大多数人都会把情趣和送礼搞混，认为情趣＝送礼物给对方。实际上两者是有区别的，你直接给对方送花，这叫送礼物，但是你送花的时候，把花藏起来让对方找，这叫情趣；你告诉对方你给她买了一双鞋，这叫送礼物，但是对方拆开鞋盒发现，里面装的其实是她最想要的包包，这叫情趣。在日常亲密关系的创建过程中，懂得推陈出新、打破对方对你的固定思考模式，这才是情趣。只有做到了这一点，你才能在日复一日的婚姻生活中，不断地吸引对方的注意力，平淡的散文，才能写成浪漫的诗篇。

保持婚姻当中的新鲜感，和拆盲盒是一个道理。人们之所以热衷于买盲盒，是因为对未知充满好奇心。永远不要让人猜透盲盒里面会装些什么，否则，再好的礼物也失去了诱惑。一个聪明的婚姻经营者，总是会在婚姻里面"留一点"：说话留一点，让对方意兴盎然；做事留一点，让对方魂牵梦萦。毕竟，人们对太容易得到，或者太容易猜到的东西，容易失去兴趣，只有当他想得到，但永远要努力一下的时候，他才会始终保持热情。

好的伴侣，需要互相成就

某次线上直播，连线了一位橙子女士，她哭哭啼啼地问我："全职妈妈回归职场是不是特别难？"当我给出具体建议，让她先广投简历的时候，她第一时间打断了我："可是我什么都不会……"

"怎么可能什么都不会，你想想自己有没有什么擅长的。"我试图引导她找出自己的优势，可是她依旧快速地否定了自己："没有，我感觉自己除了当好全职妈妈，一无是处。"

话题进行到这里，我总算弄明白了橙子女士的需求——她需要的并不是一份工作，而是一份自我价值感。大部分进入婚姻的女性，尤其是全职妈妈，经常会陷入一种焦虑状态：觉得除了家庭，别的都在慢慢远离自己，职场上的业务生疏了，曾经的朋友冷淡了，就连过去乐此不疲的爱好也放弃了。于是她们把家庭当作自己最后的救命稻草，拼命地抓紧，一旦失去，她们的世界就会彻底崩塌。

女性的这种焦虑，往往来源于两个方面：一是女性太过于看重家庭价值，忽略了自我价值；二是女性长时间得不到伴侣的肯定，对自我产生了质疑。

先来谈婚姻中的自我价值。很多女性在婚姻当中，都把"牺牲"当

171

作一种美德，放弃工作，放弃社交，放弃兴趣，为了家庭而无条件地妥协，她们认为这是伟大的，是值得歌颂的。实际上，女性的这种"牺牲"行为不仅不会被当作佳话流传，还会在婚姻濒临失败的时候，被拿出来当成反面教材批判。

男性很少吃女人"为爱牺牲"的这一套打法。在男性看来，女性在婚姻当中是拥有平等选择权的，没有人逼迫她们必须为了家庭而放弃什么；而对女性而言，她们经常陷入一种"自我感动式"的付出状态，她们认为男性就应该为自己的牺牲心怀感恩一辈子。

所以我们经常会在一对夫妻的争吵过程中，听到这样的对话：

妻子："要不是为了你，为了这个家，我至于变成现在这个黄脸婆吗？"

丈夫："你认为你变成今天这样，是我造成的吗？"

妻子："怎么不是你？我本可以成为一个闪闪发光的人，可现在我只能困在这里，成为一个满脸灰尘的人！"

丈夫："你爱怎么想就怎么想！"

女性在婚姻遭遇不顺的时候，第一时间会感到委屈，接下来会反思自己身上存在的问题，但是最后，她们会把产生所有问题的原因都推给别人。比如说，推给自己的丈夫："都是为了他可以毫无顾虑地工作，我才变成了家庭的保姆。"推给自己的孩子："都是为了小孩，我才变成了全职妈妈！"

一个女性最愚蠢的决定，就是进入婚姻之后，放弃自我价值的塑造。她们忘了，无论做了谁的妻子，她们的身份首先是自己，自我经营永远是人生不可忽视的环节。所以即便女性想为家庭做出"牺牲"，也不能牺牲全部，女性仍然要在婚姻中保留自己的物质价值、社交价值和陪伴价值。

其中，物质价值的提升并不能一步登天，而是在日复一日的生活模式中，一点点提高自己的潜在实力——利用业余时间，做做自媒体，研究一下线上热门的商业模式，有条件的还可以边学边实践，当有一天厌倦了幕后的角色，便能有底气走到幕前与伴侣并肩作战。那么什么是社交价值呢？社交价值指，万万不可为了家庭，放弃自己的全部人脉，你必须要有自己的圈子，它既可以成为你婚姻当中的后盾，也可以成为你婚姻当中的助攻，利用自己的人脉帮助伴侣达成某一目的，可以让伴侣对你刮目相看。最后，陪伴价值是维系婚姻稳定的关键。你们之间的陪伴价值越高，伴侣就越离不开你。所以在日常相处中，一定要不断地提高自己的沟通技巧，让伴侣爱上跟你聊天，他对你越坦诚，分享的越多，代表他越需要你。

婚姻从不需要流血牺牲，它需要的是以智取胜，你只有成为更好的自己，才能遇见更好的婚姻。正如《简·爱》当中的一句话："爱是一场博弈，必须保持永远与对方不分伯仲、势均力敌，才能长此以往地相依相惜。"

再来看婚姻里面的伴侣价值。类似于橙子女士的全职妈妈，她们在婚姻当中不断地给自己洗脑："除了全职妈妈，我什么都做不好。"字里行间透露出来的，都是对全职妈妈的否定，对自我存在的否定。

全职妈妈这个身份，一直在社会上存在比较大的争议。多数女性担忧自己成为全职妈妈，无非是因为全职妈妈的付出，总是被认定为没有价值。这种价值，体现在与男性付出的对比之中。男性在婚姻里的价值，常常是实质性的，可以量化的，比如男性为家庭赚取的财富，男性为家庭采购的支出。而全职妈妈在婚姻里的价值，常常是隐性的，不被量化的，比如全职妈妈在小孩成长过程中的付出，往往要等到小孩成年以后才体现出来，这就相当于在十几二十年的时间里，全职妈妈的价值感是极低的。还有，全职妈妈对整个家庭大小事务的操劳，往往也被认为是换个人也能做的事情，这就加剧了全职妈妈的焦虑。

电视剧《请回答1988》里面有一个情节是这样的：作为全职主妇的妈妈，整天围着丈夫和孩子转，做饭、烧火、打扫卫生、疏通厕所……她从心底觉得，要是没了自己，这个家一定会乱成一团。可是有一天，妈妈出了一趟远门，回来之后发现丈夫和孩子正好好地生活着，她很失落，觉得自己对这个家，根本就不重要。

后来，丈夫和孩子察觉到了妈妈的失落，于是开始制造各种"状况"，故意向妈妈求助，给妈妈展现自我价值的机会，这下妈妈才重新"活"了过来。发现没有，全职妈妈在婚姻当中的价值感，很大程度上来自伴侣和家人的认可。

如果你的伴侣经常在婚姻当中鼓励你、肯定你，那么你会认为自己的付出都是有意义的，因为你得到了伴侣的尊重。而如果反过来，你的伴侣总是否定你、打压你，那么你在婚姻当中的价值感就会越来越低，甚至怀疑自己一无是处。

好的夫妻，要学会经常夸赞自己的另一半，不管伴侣做的事情是大是小，付出是多是少，都要及时给予肯定的声音，这样伴侣才会感受到自己在婚姻中的价值感。《亲密关系》里提到："你的亲密关系伴侣，都是来帮助你更加认识自己，进而疗愈你的创伤，最终找回真正的自己，因此，它是通往我们灵魂的桥梁。"这就是伴侣之于我们的价值。

　　婚姻是一门学问，不管何时，都要我们多学、多问、多听、多实践。自我价值感缺失的时候，切记：成就自己，是成就婚姻的第一步，但是光走好这一步还不够，伴侣之间还要互相成就，如此才能琴瑟和鸣，不负朝夕。

有些关系，不必强行修复

女人对待婚姻，像水一样柔软，偶尔男人往水池里扔点石子，女人睁只眼闭只眼，这事也就过去了。若是男人犯了傻，往水里扔的是砖头，只要他们诚恳道歉，女人也会在心里安慰自己，罢了，随他去吧。最怕有一类男人，不仅傻，还想不开，一次又一次地往水里扔鱼雷，此时再温柔的女人，也忍不住动了怒。于是，柔软的水化作坚硬的冰，任男人如何敲打，都唤不回曾经的模样。

我向来支持大家对待婚姻，多一些温柔与耐心，但有一种情况，我会反过来支持大家多一些强硬与狠心。哪种情况呢？便是当伴侣触及你的婚姻红线的时候。我知道，每个人对婚姻的容忍度都不一样，因此大家对婚姻的红线标准，各有定义，但有几点是共通的：一是家暴，二是赌博，三是触犯法律的不良嗜好。

我的邮箱里经常出现一类邮件，多数发送人是女性，她们问我："婚姻中遭遇家暴怎么办？"我的回答是，赶紧逃。不管对方是出于何种原因动的手，不要选择原谅——暴力这东西，只会越用越多。

当然，我的回答放在现实生活中，经常会被女性忽略。因为女人在情感当中，有与生俱来的"圣母情结"，她们把自己看作伴侣的救世主，即使伴侣做出了伤害她们身体的行为，她们也坚定地以为："对方迟早会为我改变的！"

阿秀就是这样一位女人，她从 2019 年开始，在我这里进行婚姻咨询。刚见到她时，我着实吃了一惊，她脸上的皮肤，青紫交融，你很难想象，一个女人的脸上竟然会承受这样的伤害。而在跟她交谈的过程中，更令人吃惊的事情发生了，她居然是一名长达两年的家暴受害者。

据阿秀讲述，丈夫第一次打她，是因为生意失败，赔了很多钱，阿秀安慰丈夫，没想到丈夫直接把气撒到了她的身上。那次阿秀本想着一离了之，可丈夫在她面前痛哭流涕，承诺着绝无下次的时候，阿秀心软了，身体上的疼痛，她忍了下去。阿秀期待着丈夫能记住他的承诺，改掉他那可耻的暴力行为，可丈夫似乎已经把武力当作自己发泄的出口。第一次他只是踢了阿秀几脚，第二次开始拳脚并用，到了第三次、第四次，阿秀的身体开始承受更加严重的伤害，到后来，暴力几乎成了他们家的日常。

我问阿秀："你为什么不报警呢？为什么不告诉家人呢？为什么不结束这段婚姻呢？"

阿秀的回答几乎是典型的中国式婚姻发言："我不忍心报警，也不想让我的家人知道。毕竟家暴不是什么光彩事，要是我说了，大家会怎么看我呢？他们铁定忍不住在背后议论我、笑话我。再说了，我都有小孩了，我不忍心让小孩失去一个完整的家，所以我只能忍。"末了她还问我："邓老师，有什么办法可以让他戒掉暴力行为吗？我觉得他的本质不坏，只是有时犯了糊涂，才会不小心打了我。"

在婚姻里面，女人对暴力最大的误解，就是以为暴力是偶然性事件。实际上，暴力并不会因为女人的忍耐，而逐渐退出这个家庭，反而会因为女人的不反抗、无作为，变得越来越猖狂。想一想，暴力如果发生在家庭以外的地方，人们一定知道，要交由警察来解决，可为什么发生在家庭里面，人们便像被施展了定身术一样，嘴巴不能说了，腿脚也不会跑了？本质上是因为，我们不愿意承认伴侣是"坏人"。我们对"坏人"的定义，其中很重要的一点是"坏人是我们不认识、不熟悉的人"，而假若"坏人"是我们熟悉之人，我们便会为他的"坏"找借口，从而让他"坏"得更加放肆。

不信，你让那些打人的伴侣去外面试试？去打他的同事，打路人，结果无非只有两种：一是他被别人揍回去了，二是他被别人报警抓起来了，反正会受到某种程度的惩罚。放在婚姻当中，要是不想被有家暴行为的伴侣当作人形受气包，态度一定要强硬一些，要么你能打得过他——当然这是不太可能的，女性在和男性的对抗上，天然处于劣势；要么你就果断结束这段婚姻，避免自己遭受多次伤害。

"难道女人就不能改变对方，让伴侣不再家暴吗？"很多女性在遭受家暴行为后，还会在心里抱有一丝期待，但我奉劝各位女性，一定要保持清醒的头脑，戒掉自己的"圣母情结"。一个习惯靠武力去发泄和解决问题的人，他是无法控制自己的情绪的，这样的男人，往往内心软弱、逻辑能力较差，所以他们要用拳头来让别人恐惧他们、认可他们。

女性无法去改变一个性格、思维已经形成的成年人，甚至连家暴者的父母，都没有办法去改变他。所以不妨放弃要改变对方的想法，三十六计，走为上计。

至于那些为了孩子选择容忍家暴行为的女性，我看过一个观点：女性容忍自己被家暴，并不是对孩子的尽责，而是失职。孩子并不像父母想的那般愚蠢，他们从很小的时候就已经学会察言观色，感知周围人的情绪了。母亲被家暴，最痛苦的其实是孩子，他们会在心里思考："母亲为什么不逃？是不是家暴行为是被容许的？那我以后是不是也可以依靠拳头去解决问题？"长期在家暴环境中成长起来的孩子，会下意识地模仿大人的行为，或学会了暴力，或学会了软弱，面对暴力，不敢吱声。这样的结果，不管是从心理上还是从行为上来说，都是不利于孩子成长的。

所以女性千万不要说："我是为了给孩子一个完整的家，所以一次次地选择原谅。"这只能说明，你是一个缺乏修正能力的母亲，你在婚姻里面，没有主动获得幸福的能力。遇到伤害性事件，你的第一反应不是去阻止它，而是躲起来，为自己的懦弱找借口，将来你的孩子从你的经历中，无法吸收到任何正面积极的解决方式。这对孩子来说，你不是为他好，而是毁了他。

婚姻里的红线，除了家暴，还有赌博和触犯法律的不良嗜好，这些都是不能容忍的。如果一个赌徒告诉你"赌完这一把，我就金盆洗手"，千万别信，否则你将跟他一起跌进债务的无底洞，到时候，不仅没人可以救你，别人还会觉得你是可怜之人必有可恨之处。要是你果断点，早早断掉这段孽缘，也不至于搭上自己后半程的人生帮他还债。更别提那些有会触犯法律的不良嗜好的伴侣了，法律都无法震慑他们，你又凭什么？仔细想想清楚吧。

在婚姻里面，没有底线的容忍和没有原则的原谅，最终伤害的只有你自己。不要把自己的大度当作一种美德——大度给错了人，那就是愚蠢。修复不了的关系，就掐断手中的线，让那只残破不堪的风筝随风而去吧。你的幸福由你做主，有时候从死胡同里走出来，你才会发现外面的世界如此广阔，被爱的机会还有很多。

Marry

结　婚　，　挺　好　的　！

Chapter **6**

 **爱的圆舞曲**

婚姻的精彩程度，一半取决于两个人的经营，一半取决于自身的精彩，当你越来越好的时候，你的婚姻也会越来越好。

执子之手，与子偕老

经常在大街上看见年轻的小姑娘跑去算命，她们用真诚的眼神望着"大师"，满怀期待地发问："到底我的真命天子什么时候能出现？""大师"每次都会用一副若有所思、看破天机的模样告诉她们："快了，快了！"接着小姑娘继续追问："那我结婚以后会幸福吗？""大师"先是皱眉："恐怕……会有一些波折。"等到小姑娘情态焦急，询问"大师"解决办法之时，大师便开始收费，或是画符，或是卖转运产品。

在唯物主义世界里，小姑娘的做法或许有些可笑，可仔细想想，又在情理之中。人人都渴求爱情，最好是一生一世的爱情。当我们在茫茫人海中，遇见与自己合拍的人时，便变得贪心起来。起初，你只想跟他谈恋爱，后来，你觉得恋爱不够，你们应该有一个家，但有了家之后，你又每日担心这个家维持不久，于是都会祈福婚姻美满、家庭幸福。婚姻到底有什么魔力，吸引一批又一批的人前赴后继？

我听过一个很赞的回答："我结婚就是为了踏实。我老觉得，全世界有这么大的地方，但是哪儿都不是家。老有人说想去外边看一看，我从来不想看一看，我觉得外边反正花钱就能去，但是家不是你花钱就能回的地儿。"

　　仔细想想，确实是这个道理。人在结婚之前，像蒲公英一样，起风的时候便随着风走，飘到哪里都无所谓。但进入婚姻之后，漫无目的的人生突然多出了指南针，从此不管多晚，都要循着指针的方向回家。婚姻之于绝大多数人的意义，就是让我们在偌大的世间，有了一方遮风避雨之处。

　　老唐是我的下属，喝酒的时候总爱聊起他的过去。大家都知道，老唐年轻的时候，是个结婚狂。对婚姻这件事，他向来比谁都积极，从大学期间就开始物色合适的结婚对象。周围的哥们儿都说没必要，劝他年轻时多玩一会儿，可他反过来教育大家："结婚这事一定要赶早不赶晚，不然好姑娘都变成了别人家的老婆。"

　　说起来，老唐热衷婚姻是有原因的。他十六岁那年，父母出了意外，从此老唐变成了孤儿，家里没有人愿意管他。老唐父母下葬之后，一大家子围在一起讨论老唐今后的去向，个个都着急忙慌地摆脱干系。老唐第一次体会到了什么是踢皮球，十几个人的家庭赛场上，每个人都变着花样地把球踢走，而老唐则是那颗可怜的皮球，眼睁睁地看着所谓的亲人不断地把脚伸向自己，再踢出去。为了让自己保留一点尊严，老唐提出了独立生活的想法，全场没有人反对，甚至老唐能够很明显地感受到，大家像卸下包袱一样轻轻地吐了一口气，那些人原本因紧张而高耸的肩膀，此时也变得松弛又自在。

　　此后的八年时间里，老唐都是一个人孤独地过着。每天下班经过楼道，老唐只要闻到隔壁飘来的饭香，都会忍不住鼻头一酸，他太想有一个属于自己的家了！每次用钥匙转动门锁，老唐总会冒出这样的想法：父母给他留下的房子，虽说能住人，却不能称为家。家是必须要有人在的地方，有妻子，有孩子，此外，还要用许多许多的爱来填满，厨房里得冒着热气腾腾的白烟，客厅里得传来一阵阵欢声笑语，卧室里永远会有人给你留一盏灯，点亮你对回家的期待。婚姻最好的模样，就是你脑海中有关于家的形状，全部一点点变成了现实。老唐结婚以后，格外珍惜自己的家庭，除了公司，他最喜欢待的地方就是家里，和老婆一起买菜、做饭、看电视，再喝点小酒，说点别人的闲话。老唐喝醉了还会哭，觉得自己幸运到不行，颠沛流离了那么久，终于有了一个温暖的家，非要抱着老婆大声感谢不可。

可能老唐的故事有点特殊，但我想说的是，一段好的婚姻，确实可以治愈人生一大半的孤独。一个人的时候，我们走到哪儿，都会被如影随形的孤独包围，看见成双成对的人会觉得孤独，看见一大家子围坐在一起会觉得孤独，甚至看路边的狗看久了都会觉得孤独。对抗孤独最好的办法，就是把爱当作棉被，将整颗心都包裹起来，当有一个人愿意走进你的生命，与你共结伴侣，同甘共苦，这或许就是我们走出孤独最好的契机。

除了能驱赶孤独，老唐对婚姻还有些特别的心得感悟。他说："人人都向往幸福婚姻，可幸福的标准是什么呢？其实没什么标准，自己心里过得去，满意就行。重要的是，这段婚姻能填补你心里的某个缺口，这就是幸福。"

每个人对婚姻的需求都不一样，从心理学和生物学的角度看，人们选择婚姻都是有理由的。你选择一个人结婚，恰恰是因为这个人身上有你渴望的某种特质。你想要一个欢乐的家庭，当然会选择一个幽默风趣的伴侣；你想要一个安稳的家庭，当然会选择一个遵循契约精神的伴侣。或者是，你身上的遗传基因会带给你某种选择的偏向：你是冲动型人格，就会偏向寻找一个遇事沉着冷静的伴侣；你是浪漫型人格，就会偏向寻找一个文艺、细心的伴侣。

总之，我们对婚姻的期待，都是在满足自己心里的某种愿望。尽管大家的愿望各有不同，但有一点是共通的：我们对愿望标注的有效期都是一辈子。

要知道，并非所有人都喜欢贪图新鲜，一个地方待久了，就想去另一个地方。大多数情况下，人其实是很懒的生物，可以在同一个地方躺到天荒地老，前提是，这个地方足够舒适，能够满足自己对躺下的需求。像老唐一样，老唐对婚姻的需求就是陪伴，伴侣的出现，满足了他心里对家的渴望，所以他的婚姻是十分牢固的。幸福有一个很简单的秘诀，那就是长久的婚姻一定基于互相满足的需求之上。执子之手，与子偕老的婚姻，并不是遥不可及的存在，事实上每个人都可以拥有这样的婚姻，关键在于，对方的身上是否有你持续需要的特质，这段婚姻能不能满足你心里的某种愿望。

有两句已经过时的话，却最能描述婚姻美好的模样。一句是，长久的爱情需要满足两个条件，你在身边，在你身边。另一句是，只要你的愿望里有我，我便不会让你的愿望落空。你看，婚姻其实很好经营，彼此需要，就能让婚姻随着时间的流动，一直往前延续，永不停息。

一分甜

一对中学时期就很要好的姐妹花，两人长相、家境和收入都差不多，择偶条件也基本一致。她们遇见心仪的对象之后，约定一起迈入婚姻的大门，开启人生的新篇章。按理来说，两个相似的人，书写的婚姻故事也理应相似，可令人咋舌的是，两年后，一个满面春风笑桃花，一个掩面而泣成泪人，一个计划生育，一个计划离婚。

先说计划离婚的那一个。第一年的时候，她的婚姻还是很甜蜜的。女生的朋友圈里，时不时地秀点小恩爱，提起丈夫，她也总是夸奖不断。可是第二年的某一天，女生突然清空了自己的朋友圈，一问，原来是丈夫在家总不爱收拾，两人为此攒下了不少矛盾，有时女生忍不住说丈夫几句，丈夫还喜欢抖机灵，挤对回去。女生每每想到这儿，体内的怒气值都会急速上升，继而演变成后悔，到处跟朋友大倒苦水，说自己嫁错了人。丈夫听到这话也不乐意了，问："难道我带给你的只有痛苦吗？"女生的沉默让丈夫心灰意冷。最后两人不欢而散，一段佳话就此变成往事。

而计划生育的那一个，她的婚姻并非没有波折，只是处理方式稍有不同。结婚的第二年，她也遇到了和姐妹一样的问题，丈夫总是时不时地惹自己生气。她当然没有选择当只温顺的绵羊，偶尔她也会和丈夫大吵大闹，甚至想到离婚。但是女生有一个维持婚姻的小妙招——回忆法，每次她和丈夫闹别扭，怒气值上升到顶峰的时候，她都会深呼吸，让自己先冷静下来，继而回忆一下丈夫对自己的好。一想到丈夫那些体贴的瞬间、温柔的瞬间和笨拙地逗乐自己的样子，女生的怒气值就会一点一点地往下降，最后觉得根本没必要为了一点小矛盾，就葬送这段美好的姻缘。有句话说："婚姻里的甜蜜就是最好的灭火器。"当快乐的记忆涌上心头时，所有的不愉快都将如昨日云烟般，在心中慢慢散开。

通过姐妹花的故事对比，你会发现，不论一个人的婚姻从外面看起来有多美好，你剥开它，还是会发现各种各样的瑕疵。如果在你眼中，瑕不掩瑜，那么美好就会一直延续下去。反过来，如果你只盯着婚姻里的瑕疵，对其他的美好视而不见，那么你就会觉得这段婚姻一无是处。

身边的人结婚之前，我都会建议他们多谈一些恋爱，最后找到一个他们很喜欢，并且愿意跟他们一起创造很多美好回忆的人结婚。但是，很多人只记住了前面三个字"很喜欢"，却忽略了"美好回忆"这个点，他们认为爱情就应该轰轰烈烈、刻骨铭心，甚至伴随着心碎和眼泪。这样想的人，要么是电视剧看多了，要么还没有经过现实的毒打。

曾经有一位很天真的咨询者，结婚不到半年，就哭着来找我求助。结婚前，她和伴侣一起经历了很多不愉快的事情，家人劝她对待这份感情一定要谨慎再谨慎。但她执意要结婚，并且认为婚姻也许是两人关系越来越好的开始。可是大家有没有发现，先苦后甜的故事情节往往发生在创业的道路上，而在婚姻里面，苦涩对婚姻没有任何帮助，你越觉得苦，你对婚姻的怨言就会越多。我试着帮助这位咨询者，当她觉得婚姻于她而言，变得越来越难以忍受的时候，我让她在脑海当中回忆一遍与老公的甜蜜往事，哪怕只有一点点也要尽力回想起来。没想到咨询者只是无奈地摇摇头，她说自己一点也想不起来。

"想不起来的话，那只能从现在开始不断地创造美好的回忆了。"这是我最后给她的建议。为什么我要反复地强调婚姻当中"美好的回忆"？其实就像是人在喝咖啡，当你觉得苦到难以入喉的时候，只要加点糖进去，便能开怀畅饮。而美好回忆，就是婚姻里的那颗糖，平淡的时候、苦涩的时候，只要你把那颗糖拿出来舔一舔，便觉得甜蜜瞬间盈满了整个口腔，它会顺着你的身体一点点蔓延，直到你整个人被甜蜜包围。

这种回忆美好的方式，和心理学上的禀赋效应一样，实际上就是不断地在心里强化婚姻的价值。禀赋效应指的是，一个人一旦拥有了某个事物，那么他对这个事物的价值评估，就会比拥有之前大幅增加。运用到婚姻之中就是，你可以通过反复暗示的方式，告诉自己："他其实是一个很棒的伴侣！""我们一起经历了很多美好的事情！""我们的婚姻永远是甜蜜多过苦涩，我很幸福！"当你从内心里肯定这段婚姻，认为伴侣给你带来高价值的时候，你和伴侣之间的关系才能进入一个良性循环的系统，即使你们之间发生矛盾，也会瞬间被美好的回忆取代，由此你对伴侣就会拥有更多的接纳和认可，你们之间的婚姻也不容易发生动摇。

夫妻间制造美好回忆的方式也有很多，最简单的就是照片记录和文字记录。英国婚姻与家庭关爱组织曾经做过一次研究，他们选取了一千对夫妻填写婚姻关系的调查问卷，结果发现，那些经常拍照的夫妻，比从来不拍照或者很少拍照的夫妻要恩爱、亲密得多。原因就在于拍照后两人一起欣赏或者回忆等，都会给两性关系带来积极正向的作用。而文字记录，指夫妻间经常记录与对方有关的小事，或者将两人日常微信聊天中的有趣对话截取下来，多多翻看，也能提高伴侣在心中的价值高度。此外，夫妻间还需要经常强化两人之间的美好回忆，尤其是在和伴侣发生别扭的时候，不要光想着对方的缺点，要多想想对方为你带来的正面能量，用爱去对抗一切不如意和考验。

正如有句话所说：生活总爱欺负那些不相爱的夫妻，对相爱的，它真的是一点办法都没有。和伴侣在一起，多多创造美好的记忆，哪怕只有一分甜，它也能帮助你忘却婚姻中很多苦涩的瞬间。

三分忍

武侠小说中有个定律，那些一上来就嚣张至极、喊打喊杀的人物，往往只是炮灰，反而是那些躲在人群之中不显山露水的角色，才是隐藏的高手。这个定律，放在婚姻里面同样适用，你会发现，习惯在婚姻里面刀光剑影的侠客，最后都两败俱伤，而赢家往往属于"忍者"，他们只在适当的时候出手，其余时间只需要静观其变即可。

当然，也有人在婚姻中高举"不行就换"的旗帜，他们认为婚姻中的"忍耐"是一种忍受屈辱、失去自我的表现。盒子就是典型的"不能忍"的代表，他有过两段婚姻，均以失败告终。第一段婚姻，盒子娶了自己的同事，两人在事业上极其合拍，经常会出现一些不谋而合的想法，合作起来相当愉快。盒子称她为"最佳拍档"，并且理所当然地以为两人在生活上也会很合拍。可婚后相处下来，盒子发现自己的某些习惯和对方并不契合，比如，盒子在家的时候，习惯所有的东西都按照原来的位置摆放整齐，而伴侣则没有这种秩序感，经常随手拿起一件物品，再随手放在某个地方，更令人糟心的是，伴侣还不记得物品到底放在了哪里，每次都要拉着盒子一起找。一次两次，盒子还觉得可以忍受，可是时间久了，盒子开始烦躁，觉得这样找根本就是浪费时间。每次伴侣让他帮忙找东西的时候，盒子都恨不得指着她的脑袋狠狠批评一顿："你下次能不能把东西放好！"

除了不长记性、爱乱放东西以外，伴侣在家邋遢的样子也让盒子不能忍受。职场上，她是会把自己收拾得一丝不苟的女白领，私底下却不爱洗头，经常素面朝天，一脸油光地面对盒子。伴侣人前人后巨大的形象反差，让盒子觉得难以接受，他认为这不是自己理想中伴侣的模样，于是第一段婚姻就此告吹。

盒子的第二任伴侣，是他高中时期的女神。读书那会儿，盒子对她一见钟情，但那时候追她的男生太多，盒子默默打起了退堂鼓，这事没让任何人知道。两人多年后重遇，盒子为了与昔日的女神走到一起，不惜花费六百万在郊区买了一套别墅当作彩礼送给女神，这才如愿把对方娶回了家。

但婚后，女神的真实面貌在盒子面前一一展露，盒子这才发现，即使是女神，也有极其普通的一面。原以为女神从头到脚都很完美，可原来女人都一样，不出门不见人的时候，都不爱洗头，也不爱化妆，甚至有时脸也不洗，从早到晚都躺在床上玩手机。盒子心想，女神这样，与自己的前妻又有什么区别呢？盒子无法忍受自己的女神梦破灭，在这段婚姻维持了一百二十天之后，盒子就提出了离婚。

婚姻里有一种错觉，就是当你忍受不了对方的时候，你以为换个人就能解决。但你没想到，换一个人还是要忍，甚至更加麻烦。因为婚姻本来就是一个忍耐的过程，忍耐对方的不完美，忍耐对方的不一样。不想忍耐的婚姻是不存在的，就像你跟自己相处，也需要忍耐自己的缺点，忍耐自己的犹豫。所以不要把忍耐想象成在忍受屈辱，忍耐其实是一种婚姻经营的智慧，目的是让两个人的相处更加融洽，早点忍和晚点忍没有什么区别，忍过了，两个人也就适应了。

　　曾经在封建思想的荼毒下，许多女性面对婚姻，没有说"不"的权利，她们唯一能做的，就是顺从自己的丈夫，顺从自己的公婆，忍耐对她们而言，只是一种没有选择的选择。而新时代的女性不一样，即使是嫁作人妇，她们仍然拥有自由选择权和发声权，但她们依然会在婚姻当中选择忍耐，磨平自己锋利的棱角。为什么？因为婚姻里两个浑身是刺的人，是没有办法紧紧拥抱在一起的，必然要做出选择——到底是忍，还是不忍？若是相爱，两个人便互相忍耐，一起成为更好的自己；若是不爱，两个人便各自成全，从此海阔天空任君驰骋。

　　杨绛和钱锺书的婚姻，总是被一代又一代的男男女女称道。他们羡慕杨绛和钱锺书，羡慕这种天长地久的爱情，但是他们不知道的是，美好的爱情背后，都是需要付出的，或付出耐心，或付出忍耐。光是凭想象但是又不想付出的幸福，在这个现实世界里是不存在的。

　　大家可知，杨绛在生孩子住院期间，自幼生活自理能力很差的钱锺书独自在家干了不少错事，要么打翻墨水瓶，要么打破台灯，就连家里的门轴都被他弄坏过。每次钱锺书去医院看望杨绛，都要苦着脸说："我又干坏事了。"

　　不少女性在听到丈夫干错事的时候，都会忍不住青筋暴起，大骂对方榆木脑袋，什么都干不好。但是杨绛会安慰钱锺书"不要紧"，这三个字仿佛是一颗定心丸，能够瞬间抚平钱锺书心里的慌张。一段长久的婚姻，无非是两个人在看到了对方最真实的一面之后，你不嫌弃我的缺点，我也不在意你的不足，互不厌烦，共担风雨，终成一段佳话。

　　杨绛在《什么是好的婚姻》里写道："细细想来，我这也忍，那也忍，无非为了保持内心的自由，内心的平静。"你看，所谓的岁月静好，不过是两个人在磕磕绊绊的磨合当中，积累下来的默契罢了。

既然把忍耐作为婚姻里面的一门必修课，有一个知识点我必须给大家画出来：忍耐并不是悄无声息地咽下委屈，而是你在包容对方的同时，让对方知道你理解他并为他做出了让步。比如，你的伴侣在家中总是好心帮倒忙，你可以在包容他的同时告诉他："亲爱的，我很感激你来帮忙，但是因为你不熟悉，所以我还是得重新做一遍。"这样说的目的，是让伴侣意识到自己在婚姻中的不足，同时表现出你的大度与耐心，不要让伴侣把你的忍耐当作理所当然。

恒久的婚姻，都需要恒久的忍耐，但这种忍耐是相互的。世界上没有完美无缺的人，自然也不会有完美无缺的婚姻，当你面对伴侣的缺点忍不住要抱怨的时候，你或许忘了，你身上的某些缺点同样会让伴侣感到苦恼，只不过因为爱你，他选择了忍耐。所以忍耐是两个人共同的选择，这在婚姻里面没有什么公不公平，只有愿不愿意。

五分像

"结婚后，我们就活成了对方的样子。"这句话说得一点也不假。我们经常会在一对夫妻的身上，看到他们彼此的影子，不只是在举手投足间有着对方的风范，而且在长相上慢慢重叠出对方的模样，也就是所谓的夫妻相。

> "你这语气跟你家那位一模一样！"
> "你俩现在笑声都统一了是吗？"
> "你现在这副德行啊，是越来越像他咯！"

如果你已成婚，一定很熟悉这样的语境。原本两个毫不相关的人，因为爱情走到了一起，再因为婚姻成了家人。人们在婚姻中最神奇的经历，莫过于找到了一面镜子，两个人在彼此的对照之下，逐渐成为这个世界上最合拍的搭档。

朋友经常在外指着一对男女问我："你猜这两人是不是夫妻？"在这类问题上，我几乎很少答错。朋友每次都要惊呼一番："你怎么看得这么准？说，你是不是提前认识他们了？"非也，我自然不可能有闲情去了解一对陌生男女的情感关系，而是夫妻间原本就会透露出某种相似的信息，如果你观察得足够仔细，其实很好辨认。

夫妻在长相上确实有着某种程度的相似，这不是玄学，而是人们在选择伴侣之初，往往会代入自己的长相特征。在苏格兰曾经有人做过一项研究，他们让男性和女性分别拍下一张照片，随后用技术将男性和女性的照片分别处理成异性。结果男性和女性在挑选心动对象的时候，大部分人都选择了经过处理的自己的那张照片。这就说明，人们在择偶过程中，往往对跟自己长得比较像的人抱有好感。而在两人之后的相处过程中，夫妻间的一些亲密行为，比如说接吻，会使他们互相交换体内的菌群，接吻 10 秒大概可以交换 8000 万个菌群。两个人体内的菌群生态环境越来越相似，也会对夫妻的长相和性格产生影响，夫妻相就是这么来的。

如果你在现实生活中对长相的辨认不太敏感，那么你可以好好观察一下夫妻的行为，他们必然会在举手投足间或讲话谈吐中透露出同样的小习惯。我有个哥们儿老唐，每次大笑之前习惯拍三下大腿，有次去老唐家做客，我就发现一个很有趣的现象，老唐的太太在许多行为习惯上，都与老唐出奇地相似。我们围坐在一起看电视，看到好笑之处，老唐会与太太一起拍三下大腿，老唐坐着的时候喜欢跷腿托腮，老唐的太太也是如此！我还观察到，老唐喝水的时候，不管凉水还是热水，都喜欢边吹边喝，这习惯是他之前不曾有过的，正当我纳闷的时候，老唐太太端起水杯，也是边吹边喝。两人的动作如出一辙，还真说不准是谁模仿了谁。但是你会发现，婚姻就是让两个原本没有血缘关系的人，变得越来越亲密，越来越默契，甚至在不知不觉中就变成了对方的样子。

有人说："婚姻，就是与另一个自己相遇。"因为人在婚姻当中，就是会不自觉地模仿对方，就像哭一样，是潜藏在人身体里的一种本能。从婴幼儿时期开始，人们就已经掌握了模仿的天性，周围的人笑，你会跟着笑，周围的人比"耶"，你会伸出手指，学着对方的动作一起做。长大之后，这种模仿的行为虽然没有那么明显了，但是依然保留在人的潜意识之中，尤其是对自己爱慕的对象，我们更喜欢并且更乐意去模仿对方。比如说，很多人追星，会下意识地去模仿偶像的动作、表情和语气，久而久之，你会发觉这两个毫不相干的人，竟然真的在某些方面有些神似，这其实是一种长期练习的结果。

在婚姻中，我们也常常会去练习对方的动作、表情和语气。当你觉得对方的某个动作很有趣，某个表情很有魅力，或是说某一句话很幽默的时候，你就会在不经意中，把对方的行为变成自己的行为。这就是为什么有些夫妻长得不是很像，但是会觉得他们两个很相似，甚至不露脸，光凭行为判断的话，根本分辨不出这两人的差别在哪儿，因为他们早已把对方的习惯，融入了自己的习惯之中。

再说了，不是一家人，不进一家门。每对夫妻的相处模式都不一样，有些人注定是要在一起生活的，而有些人怎么努力也没有办法走到一起，本质上就是因为两人的磁场不搭。办公室里的女同事们经常谈论起彼此的伴侣，比如 A 同事和伴侣都是彩色控，他们会在家里收集各种各样颜色不一的家具，而 B 同事则是极简主义爱好者，她和伴侣都没有办法忍受一个家里有五种以上的颜色，所以 B 同事常常会对 A 同事说："要是你老公跟我相遇，我跟他还真没办法处到一块。"所谓的婚姻，不是说随便两个人凑到一起就能过日子，长久的伴侣，一定是在某方面有着相像之处——或是他们的生活理念相像，或是他们的风格品味相像。

　　最后还有一点，婚姻生活越和谐的夫妻，他们的相像程度就会越高。不信你看那些婚姻经营得很好的夫妻，他们不仅在相貌上越长越像，而且在行为上也越来越趋近于伴侣，原因就在于人在幸福的环境里面，会更想着亲近对方，而人类表现亲近的形式，则是用对方熟悉的语气和行为去获得对方的好感。而婚姻经营得不好的夫妻，他们因为在这段婚姻当中感受不到幸福，所以在心里会对伴侣生出一种抵触情绪，他们会告诉自己："不要成为像对方那样的人。"此时你会发现，这样的夫妻无论是在长相上还是在行为上，往往都是偏离对方的。

　　有些人终其一生都在寻找另一个自己，最后发现世界上其实没有完全相似的两个人，所谓的夫妻两个越来越像，不过是因为我们的心中充满了爱，我们愿意为了对方，活成对方的样子。那些相像的行为、语气和褶子，是彼此共同生活的经历，也是最浪漫的爱的证明。希望大家都能在路遥马急的人间，找到那个愿意跟你越来越像的人。

七分满

现实生活中，把婚姻当作生命的全部的女人不计其数，她们接受着老一辈的教育，把相夫教子当作自己人生最大的使命。如果婚姻的满分是十分，她们便信誓旦旦地拍着胸脯承诺，一定要拿十分。

偏偏有一位女性不一样，她干什么事都只想着拿七分。

十分女性，每天要干十分的家务，从早到晚好似一颗旋转的陀螺，没有一刻可以停下。而七分女性，每天干完七分的家务，就开始伸懒腰，或躺在沙发上看一会儿电视，或跑出去干一些自己喜欢的事。十分女性见不得七分女性偷懒，每次见面都要批评她："你这样怎么能算一个好女人呢？"七分女性反问十分女性："那什么是好女人呢？"

十分女性教育她：尽心尽力为家庭付出的是好女人，每天给丈夫料理家务的是好女人，事无巨细地照顾一家老小的是好女人。此外，好女人还有一个加分项，那就是她们从不偷懒，虽然婚姻里面的满分只有十分，但是她们做的事情，远远超过了十分的范围。最后一点很重要，那就是她们愿意为了家庭像蜡烛一样燃烧自己。

七分女性很是不解："在婚姻里为什么要燃烧自己呢？而且你还是加速燃烧，这样你很快就会支撑不住的！"

十分女性没把她的话放在心上，依然每天十分忙碌，把所有的时间和精力都放在老公和孩子身上。若干年后，十分女性的孩子上大学了，老公迷上了钓鱼，经常夜不归宿。十分女性总是一个人在家走来走去，她感觉自己像一根燃烧殆尽的蜡烛，再也没有人需要她的光亮。

她走出门，又遇见了七分女性，两人坐在一块聊天。七分女性聊起自己最近的生活，做家务，看电视，上插花课，和朋友约下午茶……听起来十分丰富。十分女性开始反思自己的婚姻生活，她每天究竟在忙些什么呢？忙着做好妻子，忙着做好妈妈，但代价是她必须把"做自己"这件事往旁边放一放，她早已忘了自己原本该是什么样子。

正当两个人聊得入迷的时候，她们的老公从外面回来了。十分女性的老公开口便是："哎呀，你怎么还不做饭啊，这都什么时间了，你想饿死我吗？"十分女性的老公总是这么理所当然，仿佛这些事天生归属女性。而七分女性的老公则是这么说的："你今天怎么回来得这么早？那我们可以一起做饭了。"

同样是已婚女性，一个是十分女性，一个是七分女性，为什么在幸福程度上，十分女性却弱于七分女性呢？原因很简单，爱得太满的人，总是在婚姻的天平上放比对方更多的砝码，因此，婚姻更容易进入失衡状态。

很多女性以为，我爱对方，我就要为对方付出自己的一切，洗衣做饭需一手包揽，大事小事需要亲自参与。殊不知，在女性一力承担的过程中，实际上削减了男性在家庭中的主人翁精神。比如十分女性，她尽心尽力将所有家务都做到十分，结果就是老公没办法参与进去，还养成了"衣来伸手，饭来张口"的坏习惯。在一个男性无法发挥内部作用的家庭里面，男性会认为女性的付出是理所当然的，他们会心安理得地享受女性的付出成果，并且把它看作婚姻的常态。

实际上，婚姻的常态应该是两个人共同维护。傅首尔说："婚姻就像一间餐厅，只有两个服务员。我们坐在一起相互服务，不能一个人坐在那里大吃大喝，使唤另一个人。我们不能把别人对你的好，当作是理所当然的，我们应该有所回报。"

想一想，你去餐厅吃饭，身旁刚好站了一个服务员，假若你一直使唤他，一会儿让他给你加水，一会儿让他给你递纸，一会儿又让他给你跑腿干些别的，即使这个服务员再有耐心，职业素养再好，他也会给你打上"不好伺候"的标签。但是如果你每次都能给他一点回报，说一句谢谢，加一点小费，或者在餐厅老板面前多说几句服务员的好话，那么他对你的印象又会往回拉几分，下次服务的时候，他也会更加热情。

婚姻是两个人的事，只有一个人付出，另一个人只管享受，既不帮忙也不感恩，这样的相处模式必然会造成婚姻的失衡。所以我建议大家学学七分女性的做法，她在婚姻经营上面真的很有自己的智慧。七分女性的特点是什么？就是凡事只做七分，剩下的三分去做自己。

凡事做七分的好处，便是伴侣通过共同参与一件事情的执行，能够强化责任意识。比如说，今天有三件事情要做——买菜、切菜和炒菜，你可以只做买菜和切菜两件，剩下的炒菜部分，可以向伴侣发出请求，让他去完成，或者你可以向伴侣发出邀请，让他和你一起完成。这样做，不是偷懒，而是让伴侣明白，他也是这个家的经营者，他需要和你一样，对这个家有所付出。

所以大家很好理解，为什么十分女性和七分女性的伴侣，同样是让她们去做饭，但是说出口的话截然不同。一个认为做饭是女性的事，特别理所当然地享受结果；一个主动提出参与做饭，把自己当作这段婚姻的经营者。爱需要留有空间，才能让对方融入进来，密不透风的爱，只会让对方无路可进。

心理学上有个马太效应，它指的是强者越强，弱者越弱。在婚姻中表现为——你爱得越满，地位放得越低，则越不容易被珍惜，因为你是弱者，弱者只能接受被动的选择；反之，当你保留一丝丝的自利基因，你越爱自己，对方也会越爱你，因为你在不断地提升自己的价值，对方就会不断地被你的价值吸引。

婚姻里面两个人的位置永远是平等的，不需要踮起脚去爱，或是让自己卑微到尘埃里面。好的婚姻，是夫妻二人彼此爱护，共同付出，你不必付出十分的努力，七分就好，剩下的三分，你要相信伴侣会为你补齐，所以你且放心大胆地拿这三分去爱自己，去做你想做的梦，去看你想看的风景。婚姻的精彩程度，一半取决于两个人的经营，一半取决于自身的精彩，当你越来越好的时候，你的婚姻也会越来越好。

九分恩情

有人提问：两个人结婚久了，爱情真的会消失吗？

很多人纷纷回答：会！爱情会在柴米油盐的考验中逐渐淡化，慢慢地就感觉不到爱与不爱了。结婚久了，两个人之间别说亲吻，连牵手的欲望都没了。

只有一个人站出来，用坚定的语气说："不会！"这个人的观点很新颖，他认为，两个人结婚，并不仅仅是由爱情决定的，其中还有恩情、友情和其他复杂的感情。当热恋时期的激情慢慢从体内消退，其他的感情就会噌噌往上涨，比如说恩情，比如说友情。总之，人的感情像海浪一样，此起彼伏，由此婚姻的长度才会随着时间的流逝，一直生机勃勃地往两端蔓延。

生活中结婚好几年的老油条，时不时爱在嘴上抱怨几句，一会儿说自家那位管得宽，一会儿说自家那位烦得很。但你若是跟他说："那不然离了吧！"他必然会慌慌张张地拒绝你："这事我可没想过啊，这婚离不得！"

发现没有，人有时候吐槽婚姻，并不是真的对婚姻不满，只是贪图嘴上痛快，他们在本质上对婚姻还是怀有留恋和不舍的。而这种不舍，很大程度上缘于夫妻间的恩情。

《后汉书·宋弘传》里讲了这么一个故事：东汉初年，光武帝刘秀起用西汉时期的侍中宋弘，并升他为"太中大夫"，还有意将自己的姐姐许配给宋弘。但彼时宋弘已有结发妻子郑氏，郑氏一家对宋弘有恩，在宋弘逃难养伤期间，待他亲如家人，端茶送水，好生伺候。郑氏虽然长得一般，与刘秀的姐姐比起来天差地别，但为人善良，待宋弘极好，每日为宋弘煎汤熬药，嘘寒问暖。宋弘十分感激郑氏在他最困难的时候收留他、照顾他，两人之间逐渐有了感情，宋弘伤好之后，便迫不及待娶了郑氏为妻。

后刘秀问宋弘，如何看待"贵易交，富易妻"一事，宋弘语气坚定地答道："贫贱之知不可忘，糟糠之妻不下堂。"刘秀听后只好作罢。

婚姻，并非只是浅薄的爱慕皮囊，还有一种互相支撑的恩情。如果说爱情像块磁铁一样，将两个陌生的男女紧紧吸引到一起，由此书写了婚姻的开端，那么恩情就像黏合剂一样，将婚姻中的缝隙一一粘上，由此书写了婚姻的长久。

有一名咨询者江女士，在她三十五岁那年，突发奇想要开一家毛线店。江女士平日里没有什么休闲活动，唯一的爱好便是给家里人织织毛衣、围巾、鞋子，以及各种各样的毛线制品。一次偶然的契机，江女士将自己的手工毛线成品发到了社交平台，不料许多人纷纷留言：想要链接。由此激发了江女士创业的决心。

身边许多亲人不看好她，劝她早早打消这个念头，唯有丈夫站出来支持她，并二话不说地提供了开店资金。丈夫说："早年我也是个穷小子，一无所有，你把嫁妆当了给我创业，不管别人在后面怎么议论我、打击我，你都能坚定地站在我身边，鼓励我一定可以成功。如今到了我报恩的时候了，你尽管去做你想做的事，这一次，换我来当你的后盾。"

婚姻不就是这样吗？原本两个平平无奇的人，遇见对方之后便开始散发自己的光芒，这并不是什么奇迹，而是我们愿意尽自己的全部力气，去帮助对方成为想成为的人。

现实生活中，总有些人不断地追问那些婚姻当中的"前辈"：好的婚姻是什么样的？

是我们永远记得对方的好，并把它当作我们并肩前行的动力。当某一天，我们对婚姻感到迷茫、困惑的时候，只要想起对方曾在黑暗中为我们点亮的灯，想起对方曾在大雨中为我们送来的伞，想起对方在无数个日日夜夜的照顾和陪伴，这种恩情会化作推动剂，持续地为我们的婚姻补充能量，让我们在人生的道路上不至于感到疲惫。

但我们常常看见这样一对夫妻，每每丈夫提出想做某件事，妻子总是无条件支持，可当妻子提出自己想做某件事的时候，等来的却是丈夫的嘲笑和反对。婚姻中不懂感恩之人也比比皆是，这一部分人在婚姻中，过分强调"我"的重要性，而忽略了婚姻应该是"我们"合力灌溉的果实。前者是很典型的"自私伴侣"，他们喜欢争夺功劳，认为婚姻中所有的好处都是自己给的，比如，他们总喜欢拿家里的东西说事，强调家里这样东西是我买的，那样东西是我买的，认为对方就是在自己的庇佑之下才过上了梦想中的生活。实际上，自私伴侣忽略了一点，即便是东西买回了家，也需要有人去维护它，而此时的维护价值是由伴侣去提供的。所以，伴侣在婚姻中不应该只看到自己的付出，还要去发现对方的付出，只有当两个人彼此欣赏、彼此感恩的时候，婚姻才能进入良性循环。

在电影《花样年华》中有一句台词："我从来没有想到原来婚姻这么

复杂，还以为一个人做得好就行了，可是两个人在一起，单是一个人做得好是不够的。"这又让我想到了杨绛和钱锺书的婚姻。为了让钱锺书全身心投入学术研究，杨绛辞掉女佣，亲自照料起钱锺书的生活。而钱锺书将这些付出全部记在了心里，在杨绛怀孕最脆弱的时候，钱锺书又是为她做饭，又是为她洗衣。两人不仅是夫妻，更是互相扶持的伙伴，在彼此的陪伴和照顾之下，才得以度过一个又一个艰难的日子。

不得不说，两个相爱的人自从步入婚姻的那一刻起，往后的命运便是交织在一起的，如同连理枝一般，你中有我，我中有你。好的婚姻，一定不是一个人的功劳，而是两个人彼此接力的结果。当其中一方有些疲惫，甚至即将倒地的时候，你能伸出手撑住他的后背，共同承担起生活的考验，给对方一种"别怕，有我在"的安心之感，如此，你们便真正领悟了婚姻的真谛。

正如杨澜所说，婚姻的纽带，是关于精神的共同成长，那是一种伙伴的关系。在最无助和软弱的时候，在最沮丧和落魄的时候，有他（她）托起你的下巴，扳直你的脊梁，命令你坚强，并陪伴你左右，共同承受命运。那时候，你们之间的感情除了爱，还有肝胆相照的义气、不离不弃的默契，以及铭心刻骨的恩情。

十分婚姻

在接触了大量的婚姻咨询案例之后，我发现一个令人吃惊的结果：大多数人婚姻不幸福的原因，并不是他们的婚姻出现了大的问题，而是他们对婚姻的期待太高。好比所有人都站在一棵樱桃树下，明明你伸出手，就可以摘到离自己最近的樱桃，并饱腹一顿，但你就是想吃最高处的樱桃，你觉得它更大、更甜、更可口，可问题是你摘不到它。于是你只能饿着肚子，眼巴巴地看着它，直到饿死。

所以通常，我都会苦口婆心地劝导那些想要十分婚姻的男女："这个世界上根本不存在十全十美的婚姻，过高的期望，并不会让你的婚姻往更好的方向发展，反而会毁掉你的婚姻。"

日本作家山本文绪写过一个"交换婚姻"的故事。主人公叫佐佐木苍子，她跟丈夫生活在一起，过着富裕的生活，有着自由的工作，两人的生活看似平静，但佐佐木苍子并不满意，她觉得自己跟丈夫之间早已没有爱了。一次偶然的契机，佐佐木苍子去了另一座城市旅游，在这里，她遇见了自己的初恋情人，而和初恋情人挽着手的，却是另一个和自己长得一模一样的女人。

佐佐木苍子吃了一惊，难道在这个世界上真的有人和自己长得一样，但是过着完全不同的人生吗？

看着他们咧起的嘴角，佐佐木苍子难捺心中的嫉妒之情，她问那个女人，如今过得幸福吗？她想知道自己当初是否做错了决定，是不是和初恋情人在一起会拥有更幸福的人生。在听到女人肯定的回答之后，佐佐木苍子冒出了一个疯狂的想法——和眼前的这个女人交换人生。

佐佐木苍子和初恋情人如愿生活在一起的第一天，她觉得自己从未像此刻一样幸福。她在婚姻里慢慢枯萎的心，如今再一次活了过来。她在心里想，这才是自己梦寐以求的婚姻生活，早知道一开始就应该选择自己的初恋情人。可是佐佐木苍子没有料到，每一种生活，都有阴暗的一面，幸福只是相对的一种形态，而不是生活的一种常态。某一天，初恋情人喝了酒回来，开始对佐佐木苍子拳打脚踢，她才意识到那个女人骗了自己。佐佐木苍子仓皇而逃，回到原来的家，回忆起与丈夫的点点滴滴，后悔不已。

她想起来，当初是她要求很高的生活水平，丈夫才会拼命工作，把家庭当作了酒店。也是她不体谅丈夫的不善言辞，两人之间才会缺少欢声笑语。她终于意识到，自己的婚姻不幸福，其实是自己总在提更高的要求，没钱的时候，想要更好的物质条件，有钱了之后，责怪丈夫陪她的时间太少。她总在抱怨自己的婚姻不够幸福，所以即便是幸福光顾了她，她的眼光也总是看向别处。

婚姻里有个词叫知足常乐。每个人都知道，但每个人都在有意无意地忽视它。因为爱比较是人类骨子里的天性，小时候比成绩、比父母，长大后比学历、比工作，结婚后比老公、比孩子，人们习惯于从比较中去获得幸福感和成就感，但是越比较，就越会发现，这个世界上总有人比自己过得好，所以永远都在要求更好的、更高质量的婚姻。清华大学教授彭凯平说，人们觉得不幸福，是因为人们互相之间进行比较。如果你总是拿自己的劣势去对比别人的优势，或者你总是拿自己没有的去对比别人拥有的，很容易会产生压力，而这种压力会让你对自己的各方面都感到不满。

想一想，这是不是婚姻当中很常见的现象，一群已婚人士聚在一起，没说几句就开始对比：

> "还是你老公好啊，懂得心疼你，不像我家那位只会挑刺。"
>
> "我最近看了一部电视剧，那里面的男主角简直就是完美老公，真的是要拯救银河系的女人才能嫁给他吧！"
>
> "本来觉得自己过得还不错，听你们一说，我觉得我家那位差远了！"

任何事物，只要一对比，就会暴露缺陷。夫妻之间更是如此，如果你总是拿自己的伴侣和别人对比，你会发现，自己的爱人总有点不足之处需要弥补。在这样的情况下，你更没有办法平视对方，即使他正在慢慢进步，你也会觉得太慢了，还不够，他比起别人的伴侣还是差多了。很多婚姻问题都是由此产生的，当你拿着显微镜观察对方的时候，你总是不满的、嫌弃的，可事实上，婚姻不需要拿显微镜去证明一些什么，只要身处其中的二人彼此感到舒适、自在就好，这世间的每个人，各自有各自的幸福，如果总是仰望别人，你便失去了自己。

幸福的婚姻，往往是需要降低期待的。很多人以为，婚姻必须要 1+1>2，其实不然，大部分人的婚姻都是 1+1=1，甚至连等于 1 都做不到。为什么？因为婚姻不是一道标准的数学题，在计算的过程中，还有许多变化的因素需要考虑进去。如果你希望结果大于 2，那么 90% 的概率会失望；如果你希望结果等于 2，那么成功和失败的概率则各占一半；如果你希望结果只是 1，那么失望的概率只有 10%，剩下的 90% 都有可能超过你的预期。所以大部分懂得经营婚姻的人，都会希望自己的婚姻，及格答案是 "1"，这样他们只要拿到比 1 高的任何数字都觉得 "赚" 了，自然他们的婚姻幸福感也会更高一些。

这跟我们上学时考试是一个道理。如果你从一开始就给自己定目标要考一百分，即使你最后考了九十九分，已经超过了绝大多数人的分数，但你还是会觉得不满足，还是会难过得想要流眼泪。那我们不妨换一种思路，从一开始就给自己定目标要考六十分，那么当你完成了这个目标，甚至还多考了几分、几十分的时候，你就会觉得自己 "了不起"，心里开心得不得了。

记住，婚姻幸福与否，取决于自己的标准，在这个过程中，你无须与其他任何人比较，也无须去过分追求太完美的婚姻。所谓的十分婚姻，并不是让所有人都认可你的婚姻、羡慕你的婚姻，而是即便你的婚姻尚存不足、缺陷、不完美，但你依然热爱它，享受它，因为它给你带来了舒适、自在，以及在无数个细微瞬间里，只要想起来，都忍不住嘴角上扬的小幸福。

结　语
从此刻起，做一个懂爱的人

无论什么年代，爱情和婚姻始终占据男女的话题中心。一方面，他们渴望爱情，渴望婚姻；另一方面，他们经常在爱情面前迷茫，尤其是进入婚姻之后，面对从情侣关系到夫妻关系的升级，由于经验的匮乏，他们常常显得手忙脚乱，一不留神就把一段关系搞砸了。

有许多咨询者曾向我反馈：婚姻里最遗憾的，莫过于两个彼此深爱的人，随着时间一点一点变得陌生。可惜吗？是有一点，但更多的是需要反省。世人皆求白头偕老的爱情，得不到便抱怨"命运不公，遇人不淑"，事实上，如果你不懂得经营爱情、经营婚姻，即使遇见再多的人，你也很难找到那个"对的人"，因为"对的人"从来都不是突然降临的，而是两个人在日复一日的相处中慢慢变成的。

婚姻，并不是两个人领个本本、买个房子、生个孩子那么简单。如果你把婚姻看成一件一劳永逸的事，以为结了婚就可以甩手躺平，那么婚姻一定会回给你一记毒辣的耳光。婚姻是一门学问，需要不断地学习，不断地修正。学习什么？学习经营爱的能力。修正什么？修正自身的不足与缺陷。

也许有人会告诉你，真诚的爱情，不需要那么多套路，但是我想告诉你，婚姻里多一点技巧，比如说沟通技巧、相处技巧、修复技巧和保鲜技巧等，并不是套路，而是利用自身的智慧，让我们的婚姻生活更加顺利。

心理学家弗洛姆曾说："生命是不可以没有爱的，没有爱的生命是不能在世界上存在的，哪怕是一天。"生活中，我们早已离不开爱，拥有一个可靠的爱人，让我们在偌大的世界多了一份安心。真的，爱情成就了婚姻，而婚姻也是爱情的另一个开端，伴侣是我们从茫茫人海中亲自挑选的家人，既然选择了彼此，便要以一生为诺。只有当你开始重视婚姻的时候，婚姻才会变成一颗糖，让你一直甜下去。希望各位读者都能从本书中得到一点启发，从此刻起，做一个懂爱的人。

图书在版编目（CIP）数据

结婚，挺好的！/ 邓达著 . -- 长沙：湖南文艺出版社，2023.5
ISBN 978-7-5726-1114-8

Ⅰ . ①结… Ⅱ . ①邓… Ⅲ . ①散文集－中国－当代 Ⅳ . ① I267

中国国家版本馆 CIP 数据核字（2023）第 063138 号

上架建议：随笔·婚恋

JIEHUN，TING HAO DE!
结婚，挺好的！

著　者：	邓　达
出 版 人：	陈新文
责任编辑：	匡杨乐
监　制：	邢越超
策划编辑：	郭妙霞　余三三
特约编辑：	姚　玫　张　悦　杨晓欢
营销支持：	文刀刀　周　茜　李美怡
装　帧：	潘雪琴
插画绘制：	朱凌剑
内文排版：	百朗文化
出　版：	湖南文艺出版社
	（长沙市雨花区东二环一段 508 号　邮编：410014）
网　址：	www.hnwy.net
印　刷：	北京嘉业印刷厂
经　销：	新华书店
开　本：	875 mm × 1230 mm　1/32
字　数：	176 千字
印　张：	7
版　次：	2023 年 5 月第 1 版
印　次：	2023 年 5 月第 1 次印刷
书　号：	ISBN 978-7-5726-1114-8
定　价：	68.00 元

若有质量问题，请致电质量监督电话：010-59096394
团购电话：010-59320018